**JOSÉ &
NOVOS POEMAS**

**JOSÉ &
NOVOS POEMAS**

CARLOS DRUMMOND DE ANDRADE

POSFÁCIO DE
LAURA LIUZZI

nova edição

EDITORA RECORD
RIO DE JANEIRO • SÃO PAULO
2024

CONSELHO EDITORIAL
Afonso Borges, Edmílson Caminha,
Livia Vianna, Luis Mauricio Graña Drummond,
Pedro Augusto Graña Drummond,
Roberta Machado, Rodrigo Lacerda
e Sônia Machado Jardim

PROJETO GRÁFICO DE CAPA E MIOLO
Leonardo Iaccarino

FIXAÇÃO DE TEXTO
Edmílson Caminha

CRONOLOGIA
José Domingos de Brito (criação)
Marcella Ramos (checagem)

BIBLIOGRAFIAS
Alexei Bueno

AUTOCARICATURA (LOMBADA)
Carlos Drummond de Andrade, 1961

FOTO DRUMMOND (ORELHA)
Década de 1940. Acervo da família Drummond

CIP-BRASIL. CATALOGAÇÃO NA PUBLICAÇÃO
SINDICATO NACIONAL DOS EDITORES DE LIVROS, RJ

A566j
15. ed.

Andrade, Carlos Drummond de, 1902-1987
  José e Novos poemas / Carlos Drummond de Andrade. - 15. ed. - Rio de Janeiro : Record, 2024.

  ISBN 978-85-01-92200-7

  1. Poesia brasileira. I. Título.

24-89237

CDD: 869.1
CDU: 82-1(81)

Meri Gleice Rodrigues de Souza - Bibliotecária - CRB-7/6439

Carlos Drummond de Andrade © Graña Drummond
www.carlosdrummond.com.br

Texto revisado segundo o Acordo Ortográfico da Língua Portuguesa de 1990.

Todos os direitos reservados. Proibida a reprodução, armazenamento ou transmissão de partes deste livro, através de quaisquer meios, sem prévia autorização por escrito.

Direitos exclusivos desta edição reservados pela
EDITORA RECORD LTDA.
Rua Argentina, 171 – Rio de Janeiro, RJ – 20921-380 – Tel.: (21) 2585-2000.

Impresso no Brasil

ISBN 978-85-01-92200-7

Seja um leitor preferencial Record.
Cadastre-se no site www.record.com.br
e receba informações sobre nossos
lançamentos e nossas promoções.

Atendimento e venda direta ao leitor:
sac@record.com.br

EDITORA AFILIADA

SUMÁRIO

JOSÉ

9 A bruxa
11 O boi
12 Palavras no mar
14 Edifício Esplendor
19 O lutador
23 Tristeza no céu
24 Rua do olhar
27 Os rostos imóveis
30 José
33 Noturno oprimido
34 A mão suja
37 Viagem na família

NOVOS POEMAS

43 Canção amiga
44 Desaparecimento de Luísa Porto
50 Notícias de Espanha
52 A Federico García Lorca
53 Pequeno mistério policial ou A morte pela gramática
54 Jardim
55 Canto esponjoso
56 Composição
57 Aliança

60 Estâncias
61 O arco
62 O enigma

65 Posfácio, *por Laura Liuzzi*
83 Cronologia: Na época do lançamento (1939-1951)
107 Bibliografia de Carlos Drummond de Andrade
115 Bibliografia sobre Carlos Drummond de Andrade (seleta)
123 Índice de primeiros versos

JOSÉ

A BRUXA

A Emil Farhat

Nesta cidade do Rio,
de dois milhões de habitantes,
estou sozinho no quarto
estou sozinho na América.

Estarei mesmo sozinho?
Ainda há pouco um ruído
anunciou vida a meu lado.
Certo não é vida humana,
mas é vida. E sinto a bruxa
presa na zona de luz.

De dois milhões de habitantes!
E nem precisava tanto...
Precisava de um amigo,
desses calados, distantes,
que leem verso de Horácio
mas secretamente influem
na vida, no amor, na carne.
Estou só, não tenho amigo,
e a essa hora tardia
como procurar amigo?

E nem precisava tanto.
Precisava de mulher

que entrasse nesse minuto,
recebesse este carinho,
salvasse do aniquilamento
um minuto e um carinho loucos
que tenho para oferecer.

Em dois milhões de habitantes,
quantas mulheres prováveis
interrogam-se no espelho
medindo o tempo perdido
até que venha a manhã
trazer leite, jornal e calma.
Porém a essa hora vazia
como descobrir mulher?

Esta cidade do Rio!
Tenho tanta palavra meiga,
conheço vozes de bichos,
sei os beijos mais violentos,
viajei, briguei, aprendi.
Estou cercado de olhos,
de mãos, afetos, procuras.
Mas se tento comunicar-me,
o que há é apenas a noite
e uma espantosa solidão.

Companheiros, escutai-me!
Essa presença agitada
querendo romper a noite
não é simplesmente a bruxa.
É antes a confidência
exalando-se de um homem.

O BOI

Ó solidão do boi no campo,
ó solidão do homem na rua!
Entre carros, trens, telefones,
entre gritos, o ermo profundo.

Ó solidão do boi no campo,
ó milhões sofrendo sem praga!
Se há noite ou sol, é indiferente,
a escuridão rompe com o dia.

Ó solidão do boi no campo,
homens torcendo-se calados!
A cidade é inexplicável
e as casas não têm sentido algum.

Ó solidão do boi no campo!
O navio-fantasma passa
em silêncio na rua cheia.
Se uma tempestade de amor caísse!
As mãos unidas, a vida salva...
Mas o tempo é firme. O boi é só.
No campo imenso a torre de petróleo.

PALAVRAS NO MAR

Escrita nas ondas
a palavra Encanto
balança os náufragos,
embala os suicidas.
Lá dentro, os navios
são algas e pedras
em total olvido.
Há também tesouros
que se derramaram
e cartas de amor
circulando frias
por entre medusas.
Verdes solidões,
merencórios prantos,
queixumes de outrora,
tudo passa rápido
e os peixes devoram
e a memória apaga
e somente um palor
de lua embruxada
fica pervagando
no mar condenado.
O último hipocampo
deixa-se prender
num receptáculo
de coral e lágrimas

– do Oceano Atlântico
ou de tua boca,
triste por acaso,
por demais amarga.

A palavra Encanto
recolhe-se ao livro,
entre mil palavras
inertes à espera.

EDIFÍCIO ESPLENDOR

I

Na areia da praia
Oscar risca o projeto.
Salta o edifício
da areia da praia.

No cimento, nem traço
da pena dos homens.
As famílias se fecham
em células estanques.

O elevador sem ternura
expele, absorve
num ranger monótono
substância humana.

Entretanto há muito
se acabaram os homens.
Ficaram apenas
tristes moradores.

II

A vida secreta da chave.
Os corpos se unem e
bruscamente se separam.

O copo de uísque e o *blue*
destilam ópios de emergência.
Há um retrato na parede,
um espinho no coração,
uma fruta sobre o piano
e um vento marítimo com cheiro de peixe, tristeza, viagens...

Era bom amar, desamar,
morder, uivar, desesperar,
era bom mentir e sofrer.
Que importa a chuva no mar?
a chuva no mundo? o fogo?
Os pés andando, que importa?
Os móveis riam, vinha a noite,
o mundo murchava e brotava
a cada espiral de abraço.

E vinha mesmo, sub-reptício,
em momentos de carne lassa,
certo remorso de Goiás.
Goiás, a extinta pureza...

O retrato cofiava o bigode.

III

Oh que saudades não tenho
de minha casa paterna.
Era lenta, calma, branca,
tinha vastos corredores
e nas suas trinta portas
trinta crioulas sorrindo
talvez nuas, não me lembro.

E tinha também fantasmas,
mortos sem extrema-unção,
anjos da guarda, bodoques
e grandes tachos de doce
e grandes cismas de amor,
como depois descobrimos.

Chora, retrato, chora.
Vai crescer a tua barba
neste medonho edifício
de onde surge tua infância
como um copo de veneno.

IV

As complicadas instalações do gás,
úteis para suicídio,
o terraço onde camisas tremem,
também convite à morte,
o pavor do caixão
em pé no elevador,
o estupendo banheiro
de mil cores árabes,
onde o corpo esmorece
na lascívia frouxa
da dissolução prévia.
Ah, o corpo, meu corpo,
que será do corpo?
Meu único corpo,
aquele que eu fiz
de leite, de ar,
de água, de carne,
que eu vesti de negro,

de branco, de bege,
cobri com chapéu,
calcei com borracha,
cerquei de defesas,
embalei, tratei?
Meu coitado corpo
tão desamparado
entre nuvens, ventos,
neste aéreo *living*!

V

Os tapetes envelheciam
pisados por outros pés.

Do cassino subiam músicas
e até o rumor de fichas.

Nas cortinas, de madrugada,
a brisa pousava. Doce.

A vida jogada fora
voltava pelas janelas.

Meu pai, meu avô, Alberto...
Todos os mortos presentes.

Já não acendem a luz
com suas mãos entrevadas.

Fumar ou beber: proibido.
Os mortos olham e calam-se.

O retrato descoloria-se,
era superfície neutra.

As dívidas amontoavam-se.
A chuva caiu vinte anos.

Surgiram costumes loucos
e mesmo outros sentimentos.

— Que século, meu Deus! diziam os ratos.
E começavam a roer o edifício.

O LUTADOR

Lutar com palavras
é a luta mais vã.
Entanto lutamos
mal rompe a manhã.
São muitas, eu pouco.
Algumas, tão fortes
Como o javali.
Não me julgo louco.
Se o fosse, teria
poder de encantá-las.
Mas lúcido e frio,
apareço e tento
apanhar algumas
para meu sustento
num dia de vida.
Deixam-se enlaçar,
tontas à carícia
e súbito fogem
e não há ameaça
e nem há sevícia
que as traga de novo
ao centro da praça.

Insisto, solerte.
Busco persuadi-las.
Ser-lhes-ei escravo

de rara humildade.
Guardarei sigilo
de nosso comércio.
Na voz, nenhum travo
de zanga ou desgosto.
Sem me ouvir deslizam,
perpassam levíssimas
e viram-me o rosto.
Lutar com palavras
parece sem fruto.
Não têm carne e sangue...
Entretanto, luto.

Palavra, palavra
(digo exasperado),
se me desafias,
aceito o combate.
Quisera possuir-te
neste descampado,
sem roteiro de unha
ou marca de dente
nessa pele clara.
Preferes o amor
de uma posse impura
e que venha o gozo
da maior tortura.

Luto corpo a corpo,
luto todo o tempo,
sem maior proveito
que o da caça ao vento.
Não encontro vestes,
não seguro formas,

é fluido inimigo
que me dobra os músculos
e ri-se das normas
da boa peleja.

Iludo-me às vezes,
pressinto que a entrega
se consumará.
Já vejo palavras
em coro submisso,
esta me ofertando
seu velho calor,
outra sua glória
feita de mistério,
outra seu desdém,
outra seu ciúme,
e um sapiente amor
me ensina a fruir
de cada palavra
a essência captada,
o sutil queixume.
Mas ai! é o instante
de entreabrir os olhos:
entre beijo e boca,
tudo se evapora.

O ciclo do dia
ora se conclui
e o inútil duelo
jamais se resolve.
O teu rosto belo,
ó palavra, esplende
na curva da noite

que toda me envolve.
Tamanha paixão
e nenhum pecúlio.
Cerradas as portas,
a luta prossegue
nas ruas do sono.

TRISTEZA NO CÉU

No céu também há uma hora melancólica.
Hora difícil, em que a dúvida penetra as almas.
Por que fiz o mundo? Deus se pergunta
e se responde: Não sei.

Os anjos olham-no com reprovação,
e plumas caem.

Todas as hipóteses: a graça, a eternidade, o amor
caem, são plumas.

Outra pluma, o céu se desfaz.
Tão manso, nenhum fragor denuncia
o momento entre tudo e nada,
ou seja, a tristeza de Deus.

RUA DO OLHAR

Entre tantas ruas
que passam no mundo,
a Rua do Olhar,
em Paris, me toca.

Imagino um olho
calmo, solitário,
a fitar os homens
que voltam cansados.

Olhar de perdão
para os desvarios,
de lento conselho
e cumplicidade.

Rua do Olhar:
as casas não contam,
nem contam as pedras,
caladas no chão.

Só conta esse olho
triste, na tarde,
percorrendo o corpo,
devassando a roupa...

A luz que se acende
não te ilumina.

O brilho sem brilho,
a vaga pestana

desse olho imóvel
oscilam nas coisas
(são apenas coisas
mas também respiram).

E pela noite abaixo
uma vida surda
embebe o silêncio,
como frio no ar.

Sinto que o drama
já não interessa.
Quem ama, quem luta,
quem bebe veneno?

Quem chora no escuro,
quem que se diverte
ou apenas fuma
ou apenas corre?

Uma rua – um olho
aberto em Paris
olha sobre o mar.
Na praia estou eu.

Vem, farol tímido,
dizer-nos que o mundo
de fato é restrito,
cabe num olhar.

Olhar de uma rua
a quem quer que passe.
Compreensão, amor
perdidos na bruma.

Que funda esperança
perfura o desgosto,
abre um longo túnel
e sorri na boca!

E sorri nas mãos,
no queixo, na rosa,
no menor dos bens
de ti, meu irmão!

OS ROSTOS IMÓVEIS

A Otto Maria Carpeaux

Pai morto, namorada morta.
Tia morta, irmão nascido morto.
Primos mortos, amigo morto.
Avô morto, mãe morta
(mãos brancas, retrato sempre inclinado na parede, grão de poeira
[nos olhos).
Conhecidos mortos, professora morta.

Inimigo morto.

Noiva morta, amigas mortas.
Chefe de trem morto, passageiro morto.
Irreconhecível corpo morto: será homem? bicho?
Cão morto, passarinho morto.
Roseira morta, laranjeiras mortas.
Ar morto, enseada morta.
Esperança, paciência, olhos, sono, mover de mão: mortos.

Homem morto. Luzes acesas.
Trabalha à noite, como se fora vivo.

Bom dia! Está mais forte (como se fora vivo).

Morto sem notícia, morto secreto.
Sabe imitar fome, e como finge amor.

E como insiste em andar, e como anda bem.
Podia cortar casas, entra pela porta.

Sua mão pálida diz adeus à Rússia.
O tempo nele entra e sai sem conta.

Os mortos passam rápidos, já não há pegá-los.
Mal um se despede, outro te cutuca.
Acordei e vi a cidade:
eram mortos mecânicos,
eram casas de mortos,
ondas desfalecidas,
peito exausto cheirando a lírios,
pés amarrados.
Dormi e fui à cidade:
toda se queimava,
estalar de bambus,
boca seca, logo crispada.
Sonhei e volto à cidade.
Mas já não era a cidade.
Estavam todos mortos, o corregedor geral verificava etiquetas nos
                                        [cadáveres.
O próprio corregedor morrera há anos, mas sua mão continuava
                                        [implacável.
O mau cheiro zumbia em tudo.

Desta varanda sem parapeito contemplo os dois crepúsculos.
Contemplo minha vida fugindo a passo de lobo, quero detê-la,
                                        [serei mordido?
Olho meus pés, como cresceram, moscas entre eles circulam.
Olho tudo e faço a conta, nada sobrou, estou pobre, pobre, pobre,
mas não posso entrar na roda,
não posso ficar sozinho,

a todos beijarei na testa,
flores úmidas esparzirei,
depois... não há depois nem antes.
Frio há por todos os lados,
e um frio central, mais branco ainda.

Mais frio ainda...
Uma brancura que paga bem nossas antigas cóleras e amargos...
Sentir-me tão claro entre vós, beijar-vos e nenhuma poeira em
[boca ou rosto.
Paz de finas árvores,
de montes fragílimos lá embaixo, de ribeiras tímidas, de gestos que
[já não podem mais irritar,
doce paz sem olhos, no escuro, no ar.
Doce paz em mim,
em minha família que veio de brumas sem corte de sol
e por estradas subterrâneas regressa às suas ilhas,
na minha rua, no meu tempo – afinal – conciliado,
na minha cidade natal, no meu quarto alugado,
na minha vida, na vida de todos, na suave e profunda morte de mim
[e de todos.

JOSÉ

E agora, José?
A festa acabou,
a luz apagou,
o povo sumiu,
a noite esfriou,
e agora, José?
e agora, você?
você que é sem nome,
que zomba dos outros,
você que faz versos,
que ama, protesta?
e agora, José?

Está sem mulher,
está sem discurso,
está sem carinho,
já não pode beber,
já não pode fumar,
cuspir já não pode,
a noite esfriou,
o dia não veio,
o bonde não veio,
o riso não veio
não veio a utopia
e tudo acabou
e tudo fugiu

e tudo mofou,
e agora, José?

E agora, José?
Sua doce palavra,
seu instante de febre,
sua gula e jejum,
sua biblioteca,
sua lavra de ouro,
seu terno de vidro,
sua incoerência,
seu ódio – e agora?

Com a chave na mão
quer abrir a porta,
não existe porta;
quer morrer no mar,
mas o mar secou;
quer ir para Minas,
Minas não há mais.
José, e agora?

Se você gritasse,
se você gemesse,
se você tocasse
a valsa vienense,
se você dormisse,
se você cansasse,
se você morresse...
Mas você não morre,
você é duro, José!

Sozinho no escuro
qual bicho do mato,
sem teogonia,
sem parede nua
para se encostar,
sem cavalo preto
que fuja a galope,
você marcha, José!
José, para onde?

NOTURNO OPRIMIDO

A água cai na caixa com uma força,
com uma dor! A casa não dorme, estupefata.
Os móveis continuam prisioneiros
de sua matéria pobre, mas a água parte-se,

a água protesta. Ela molha toda a noite
com sua queixa feroz, seu alarido.
E sobre nossos corpos se avoluma
o lago negro de não sei que infusão.

Mas não é o medo da morte do afogado,
o horror da água batendo nos espelhos,
indo até os cofres, os livros, as gargantas.
É o sentimento de uma coisa selvagem,

sinistra, irreparável, lamentosa.
Oh vamos nos precipitar no rio espesso
que derrubou a última parede
entre os sapatos, as cruzes e os peixes cegos do tempo.

A MÃO SUJA

Minha mão está suja.
Preciso cortá-la.
Não adianta lavar.
A água está podre.
Nem ensaboar.
O sabão é ruim.
A mão está suja,
suja há muitos anos.

A princípio oculta
no bolso da calça,
quem o saberia?
Gente me chamava
na ponta do gesto.
Eu seguia, duro.
A mão escondida
no corpo espalhava
seu escuro rastro.
E vi que era igual
usá-la ou guardá-la.
O nojo era um só.

Ai, quantas noites
no fundo da casa
lavei essa mão,
poli-a, escovei-a.

Cristal ou diamante,
por maior contraste,
quisera torná-la,
ou mesmo, por fim,
uma simples mão branca,
mão limpa de homem,
que se pode pegar
e levar à boca
ou prender à nossa
num desses momentos
em que dois se confessam
sem dizer palavra...
A mão incurável
abre dedos sujos.

E era um sujo vil,
não sujo de terra,
sujo de carvão
casca de ferida,
suor na camisa
de quem trabalhou.
Era um triste sujo
feito de doença
e de mortal desgosto
na pele enfarada.
Não era sujo preto
– o preto tão puro
numa coisa branca.
Era sujo pardo,
pardo, tardo, cardo.

Inútil reter
a ignóbil mão suja

posta sobre a mesa.
Depressa, cortá-la,
fazê-la em pedaços
e jogá-la ao mar!
Com o tempo, a esperança
e seus maquinismos,
outra mão virá
pura – transparente –
colar-se a meu braço.

VIAGEM NA FAMÍLIA

A Rodrigo M. F. de Andrade

No deserto de Itabira
a sombra de meu pai
tomou-me pela mão.
Tanto tempo perdido.
Porém nada dizia.
Não era dia nem noite.
Suspiro? Voo de pássaro?
Porém nada dizia.

Longamente caminhamos.
Aqui havia uma casa.
A montanha era maior.
Tantos mortos amontoados,
o tempo roendo os mortos.
E nas casas em ruína,
desprezo frio, umidade.
Porém nada dizia.

A rua que atravessava
a cavalo, de galope.
Seu relógio. Sua roupa.
Seus papéis de circunstância.
Suas histórias de amor.
Há um abrir de baús
e de lembranças violentas.
Porém nada dizia.

No deserto de Itabira
as coisas voltam a existir,
irrespiráveis e súbitas.
O mercado de desejos
expõe seus tristes tesouros:
meu anseio de fugir;
mulheres nuas; remorso.
Porém nada dizia.

Pisando livros e cartas,
viajamos na família.
Casamentos; hipotecas;
os primos tuberculosos;
a tia louca; minha avó
traída com as escravas,
rangendo sedas na alcova.
Porém nada dizia.

Que cruel, obscuro instinto
movia sua mão pálida
sutilmente nos empurrando
pelo tempo e pelos lugares
defendidos?

Olhei-o nos olhos brancos.
Gritei-lhe: Fala! Minha voz
vibrou no ar um momento,
bateu nas pedras. A sombra
prosseguia devagar
aquela viagem patética
através do reino perdido.
Porém nada dizia.

Vi mágoa, incompreensão
e mais de uma velha revolta
a dividir-nos no escuro.
A mão que eu não quis beijar,
o prato que me negaram,
recusa em pedir perdão.
Orgulho. Terror noturno.
Porém nada dizia.

Fala fala fala fala.
Puxava pelo casaco
que se desfazia em barro.
Pelas mãos, pelas botinas
prendia a sombra severa
e a sombra se desprendia
sem fuga nem reação.
Porém ficava calada.

E eram distintos silêncios
que se entranhavam no seu.
Era meu avô já surdo
querendo escutar as aves
pintadas no céu da igreja;
a minha falta de amigos;
a sua falta de beijos;
eram nossas difíceis vidas
e uma grande separação
na pequena área do quarto.

A pequena área da vida
me aperta contra o seu vulto,
e nesse abraço diáfano
é como se eu me queimasse

todo, de pungente amor.
Só hoje nos conhecermos!
Óculos, memórias, retratos
fluem no rio do sangue.
As águas já não permitem
distinguir seu rosto longe,
para lá de setenta anos...

Senti que me perdoava
porém nada dizia.

As águas cobrem o bigode,
a família, Itabira, tudo.

NOVOS POEMAS

CANÇÃO AMIGA

Eu preparo uma canção
em que minha mãe se reconheça,
todas as mães se reconheçam,
e que fale como dois olhos.

Caminho por uma rua
que passa em muitos países.
Se não me veem, eu vejo
e saúdo velhos amigos.

Eu distribuo um segredo
como quem ama ou sorri.
No jeito mais natural
dois carinhos se procuram.

Minha vida, nossas vidas
formam um só diamante.
Aprendi novas palavras
e tornei outras mais belas.

Eu preparo uma canção
que faça acordar os homens
e adormecer as crianças.

DESAPARECIMENTO DE LUÍSA PORTO

Pede-se a quem souber
do paradeiro de Luísa Porto
avise sua residência
à Rua Santos Óleos, 48.
Previna urgente
solitária mãe enferma
entrevada há longos anos
erma de seus cuidados.

Pede-se a quem avistar
Luísa Porto, de 37 anos,
que apareça, que escreva, que mande dizer
onde está.
Suplica-se ao repórter-amador,
ao caixeiro, ao mata-mosquitos, ao transeunte,
a qualquer do povo e da classe média,
até mesmo aos senhores ricos,
que tenham pena de mãe aflita
e lhe restituam a filha volatilizada
ou pelo menos deem informações.
É alta, magra,
morena, rosto penugento, dentes alvos,
sinal de nascença junto ao olho esquerdo,
levemente estrábica.
Vestidinho simples. Óculos.
Sumida há três meses.
Mãe entrevada chamando.

Roga-se ao povo caritativo desta cidade
que tome em consideração um caso de família
digno de simpatia especial.
Luísa é de bom gênio, correta,
meiga, trabalhadora, religiosa.
Foi fazer compras na feira da praça.
Não voltou.

Levava pouco dinheiro na bolsa.
(Procurem Luísa.)
De ordinário não se demorava.
(Procurem Luísa.)
Namorado isso não tinha.
(Procurem. Procurem.)
Faz tanta falta.

Se, todavia, não a encontrarem
nem por isso deixem de procurar
com obstinação e confiança que Deus sempre recompensa
e talvez encontrem.
Mãe, viúva pobre, não perde a esperança.
Luísa ia pouco à cidade
e aqui no bairro é onde melhor pode ser pesquisada.
Sua melhor amiga, depois da mãe enferma,
é Rita Santana, costureira, moça desimpedida,
a qual não dá notícia nenhuma,
limitando-se a responder: Não sei.
O que não deixa de ser esquisito.

Somem tantas pessoas anualmente
numa cidade como o Rio de Janeiro
que talvez Luísa Porto jamais seja encontrada.
Uma vez, em 1898
ou 9,

sumiu o próprio chefe de polícia
que saíra à tarde para uma volta no Largo do Rocio
e até hoje.
A mãe de Luísa, então jovem,
leu no *Diário Mercantil*,
ficou pasma.
O jornal embrulhado na memória.
Mal sabia ela que o casamento curto, a viuvez,
a pobreza, a paralisia, o queixume
seriam, na vida, seu lote
e que sua única filha, afável posto que estrábica,
se diluiria sem explicação.

Pela última vez e em nome de Deus
todo-poderoso e cheio de misericórdia
procurem a moça, procurem
essa que se chama Luísa Porto
e é sem namorado.
Esqueçam a luta política,
ponham de lado preocupações comerciais,
percam um pouco de tempo indagando,
inquirindo, remexendo.
Não se arrependerão. Não
há gratificação maior do que o sorriso
de mãe em festa
e a paz íntima
consequente às boas e desinteressadas ações,
puro orvalho da alma.

Não me venham dizer que Luísa suicidou-se.
O santo lume da fé
ardeu sempre em sua alma
que pertence a Deus e a Teresinha do Menino Jesus.

Ela não se matou.
Procurem-na.
Tampouco foi vítima de desastre
que a polícia ignora
e os jornais não deram.
Está viva para consolo de uma entrevada
e triunfo geral do amor materno
filial
e do próximo.

Nada de insinuações quanto à moça casta
e que não tinha, não tinha namorado.
Algo de extraordinário terá acontecido,
terremoto, chegada de rei,
as ruas mudaram de rumo,
para que demore tanto, é noite.
Mas há de voltar, espontânea
ou trazida por mão benigna,
o olhar desviado e terno,
canção.

A qualquer hora do dia ou da noite
quem a encontrar avise a Rua Santos Óleos.
Não tem telefone.
Tem uma empregada velha que apanha o recado
e tomará providências.

Mas
se acharem que a sorte dos povos é mais importante
e que não devemos atentar nas dores individuais,
se fecharem ouvidos a este apelo de campainha,
não faz mal, insultem a mãe de Luísa,
virem a página:

Deus terá compaixão da abandonada e da ausente,
erguerá a enferma, e os membros perclusos
já se desatam em forma de busca.
Deus lhe dirá:
Vai,
procura tua filha, beija-a e fecha-a para sempre em teu coração.

Ou talvez não seja preciso esse favor divino.
A mãe de Luísa (somos pecadores)
sabe-se indigna de tamanha graça.
E resta a espera, que sempre é um dom.
Sim, os extraviados um dia regressam
ou nunca, ou pode ser, ou ontem.
E de pensar realizamos.
Quer apenas sua filhinha
que numa tarde remota de Cachoeiro
acabou de nascer e cheira a leite,
a cólica, a lágrima.
Já não interessa a descrição do corpo
nem esta, perdoem, fotografia,
disfarces de realidade mais intensa
e que anúncio algum proverá.
Cessem pesquisas, rádios, calai-vos.
Calma de flores abrindo
no canteiro azul
onde desabrocham seios e uma forma de virgem
intata nos tempos.
E de sentir compreendemos.
Já não adianta procurar
minha querida filha Luísa
que enquanto vagueio pelas cinzas do mundo
com inúteis pés fixados, enquanto sofro
e sofrendo me solto e me recomponho

e torno a viver e ando,
está inerte
cravada no centro da estrela invisível
Amor.

NOTÍCIAS DE ESPANHA

Aos navios que regressam
marcados de negra viagem,
aos homens que neles voltam
com cicatrizes no corpo
ou de corpo mutilado,

peço notícias de Espanha.

Às caixas de ferro e vidro,
às ricas mercadorias,
ao cheiro de mofo e peixe,
às pranchas sempre varridas
de uma água sempre irritada,

peço notícias de Espanha.

Às gaivotas que deixaram
pelo ar um risco de gula,
ao sal e ao rumor das conchas,
à espuma fervendo fria,
aos mil objetos do mar,

peço notícias de Espanha.

Ninguém as dá. O silêncio
sobe mil braças e fecha-se

entre as substâncias mais duras.
Hirto silêncio de muro,
de pano abafando boca,

de pedra esmagando ramos,
é seco e sujo silêncio
em que se escuta vazar
como no fundo da mina
um caldo grosso e vermelho.

Não há notícias de Espanha.

Ah, se eu tivesse navio!
Ah, se eu soubesse voar!
Mas tenho apenas meu canto,
e que vale um canto? O poeta,
imóvel dentro do verso,

cansado de vã pergunta,
farto de contemplação,
quisera fazer do poema
não uma flor: uma bomba
e com essa bomba romper

o muro que envolve Espanha.

A FEDERICO GARCÍA LORCA

Sobre teu corpo, que há dez anos
se vem transfundindo em cravos
de rubra cor espanhola,
aqui estou para depositar
vergonha e lágrimas.
Vergonha de há tanto tempo
viveres – se morte é vida –
sob chão onde esporas tinem
e calcam a mais fina grama
e o pensamento mais fino
de amor, de justiça e paz.
Lágrimas de noturno orvalho,
não de mágoa desiludida,
lágrimas que tão só destilam
desejo e ânsia e certeza
de que o dia amanhecerá.
(Amanhecerá.)
Esse claro dia espanhol,
composto na treva de hoje
sobre teu túmulo há de abrir-se,
mostrando gloriosamente
– ao canto multiplicado
de guitarra, gitano e galo –
que para sempre viverão
os poetas martirizados.

PEQUENO MISTÉRIO POLICIAL
ou A MORTE PELA GRAMÁTICA

Não amando mais escolher
entre mil serôdios programas,
e posto entre o tédio e o dever,
sabendo a ironia das camas

e tudo que – irrisão – é vômito
sobre a rosa do amanhecer,
igualdade no ser, não-ser,
covardia de peito indômito,

mas possuidor de um atro armário
(para o que viesse a acontecer)
onde cartas, botas, o anuário
das puras modas de dizer

e uma faca pernambucana
se compensavam sem saber,
eis que mergulha no nirvana:
mas o aço, intato! Que fazer?

JARDIM

Negro jardim onde violas soam
e o mal da vida em ecos se dispersa:
à toa uma canção envolve os ramos,
como a estátua indecisa se reflete

no lago há longos anos habitado
por peixes, não, matéria putrescível,
mas por pálidas contas de colares
que alguém vai desatando, olhos vazados

e mãos oferecidas e mecânicas,
de um vegetal segredo enfeitiçadas,
enquanto outras visões se delineiam

e logo se enovelam: mascarada,
que sei de sua essência (ou não a tem),
jardim apenas, pétalas, presságio.

CANTO ESPONJOSO

Bela
esta manhã sem carência de mito,
e mel sorvido sem blasfêmia.

Bela
esta manhã ou outra possível,
esta vida ou outra invenção,
sem, na sombra, fantasmas.

Umidade de areia adere ao pé.
Engulo o mar, que me engole.
Valvas, curvos pensamentos, matizes da luz
azul
      completa
sobre formas constituídas.

Bela
a passagem do corpo, sua fusão
no corpo geral do mundo.
Vontade de cantar. Mas tão absoluta
que me calo, repleto.

COMPOSIÇÃO

E é sempre a chuva
nos desertos sem guarda-chuva,
algo que escorre, peixe dúbio,
e a cicatriz, percebe-se, no muro nu.

E são dissolvidos fragmentos de estuque
e o pó das demolições de tudo
que atravanca o disforme país futuro.
Débil, nas ramas, o socorro do imbu.
Pinga, no desarvorado campo nu.

Onde vivemos é água. O sono, úmido,
em urnas desoladas. Já se entornam,
fungidas, na corrente, as coisas caras
que eram pura delícia, hoje carvão.

O mais é barro, sem esperança de escultura.

ALIANÇA

A Paulo Rónai

Deitado no chão. Estátua,
mesmo enrodilhada, viaja
ou dorme, enquanto componho
o que já de si repele
arte de composição.
O pé avança, encontrando
a tepidez do seu corpo
que está ausente e presente,
consciente do que pressão
vale em ternura. Mas viaja
imóvel. Enquanto prossigo
tecendo fios de nada,
moldando potes de pura
água, loucas estruturas
do vago mais vago, vago.
Oh que duro, duro, duro
ofício de se exprimir!
Já desisto de lavrar
este país inconcluso,
de rios informulados
e geografia perplexa.
Já soluço, já blasfemo
e já irado me levanto,
ele comigo. De um salto,
decapitando seu sonho,

eis que me segue. Percorro
a passos largos, estreito
jardim de formiga e de hera.
E nada me segue de
quanto venho reduzindo
sem se deixar reduzir.
O homem, feixe de sombra,
desejaria pactuar
com a menor claridade.
Em vão. Não há sol. Que importa?
Segue-me, cego. Os dois vamos
rumo de Lugar Algum,
onde, afinal: encontrar!
A dileta circunstância
de um achado não-perdido,
visão de graça fortuita
e ciência não-ensinada,
achei, achamos. Já volto
e de uma bolsa invisível
vou tirando uma cidade,
uma flor, uma experiência,
um colóquio de guerreiros,
uma relação humana,
uma negação da morte,
vou arrumando esses bens
em preto na face branca.
De novo a meus pés. Estátua.
Baixa os olhos. Mal respira.
O sonho, colo cortado,
se recompõe. Aqui estou,
diz-lhe o sonho; que fazias?
Não sei, responde-lhe; apenas
fui ao capricho deste homem.

Negócios de homem: por que
assim os fazes tão teus?
Que sei, murmura-lhe. E é tudo.
Sono de agulha o penetra,
separando-nos os dois.
Mas se...

ESTÂNCIAS

Amor? Amar? Vozes que ouvi, já não me lembra
onde: talvez entre grades solenes, num
calcinado e pungitivo lugar que regamos de fúria,
êxtase, adoração, temor. Talvez no mínimo
território acuado entre a espuma e o *gneiss,* onde respira,
– mas que assustada! uma criança apenas. E que presságios
de seus cabelos se desenrolam! Sim, ouvi de amor, em hora
infinda, se bem que sepultada na mais rangente areia
que os pés pisam, pisam, e por sua vez – é lei – desaparecem.
E ouvi de amar, como de um dom a poucos ofertado; ou de um
crime.

De novo essas vozes, peço-te: Esconde-as em tom sóbrio,
ou senão, grita-as à face dos homens; desata os petrificados; aturde
os caules no ato de crescer; repete: amor, amar.
O ar se crispa, de ouvi-las; e para além do tempo ressoam, remos
de ouro batendo a água transfigurada; correntes
tombam. Em nós ressurge o antigo; o novo; o que de nada
extrai forma de vida; e não de confiança, de desassossego se nutre.
Eis que a posse abolida na de hoje se reflete, confundem-se,
e quantos desse mal um dia (estão mortos) soluçaram,
habitam nosso corpo reunido e soluçam conosco.

O ARCO

Que quer o anjo? chamá-la.
Que quer a alma? perder-se.
Perder-se em rudes guianas
para jamais encontrar-se.

Que quer a voz? encantá-lo.
Que quer o ouvido? embeber-se
de gritos blasfematórios
até quedar aturdido.

Que quer a nuvem? raptá-lo.
Que quer o corpo? solver-se,
delir memória de vida
e quanto seja memória.

Que quer a paixão? detê-lo.
Que quer o peito? fechar-se
contra os poderes do mundo
para na treva fundir-se.

Que quer a canção? erguer-se
em arco sobre os abismos.
Que quer o homem? salvar-se,
ao prêmio de uma canção.

O ENIGMA

As pedras caminhavam pela estrada. Eis que uma forma obscura lhes barra o caminho. Elas se interrogam, e à sua experiência mais particular. Conheciam outras formas deambulantes, e o perigo de cada objeto em circulação na terra. Aquele, todavia, em nada se assemelha às imagens trituradas pela experiência, prisioneiras do hábito ou domadas pelo instinto imemorial das pedras. As pedras detêm-se. No esforço de compreender, chegam a imobilizar-se de todo. E na contenção desse instante, fixam-se as pedras – para sempre – no chão, compondo montanhas colossais, ou simples e estupefatos e pobres seixos desgarrados.

Mas a coisa sombria – desmesurada, por sua vez – aí está, à maneira dos enigmas que zombam da tentativa de interpretação. É mal de enigmas não se decifrarem a si próprios. Carecem de argúcia alheia, que os liberte de sua confusão amaldiçoada. E repelem-na ao mesmo tempo, tal é a condição dos enigmas. Esse travou o avanço das pedras, rebanho desprevenido, e amanhã fixará por igual as árvores, enquanto não chega o dia dos ventos, e o dos pássaros, e o do ar pululante de insetos e vibrações, e o de toda vida, e o da mesma capacidade universal de se corresponder e se completar, que sobrevive à consciência. O enigma tende a paralisar o mundo.

Talvez que a enorme Coisa sofra na intimidade de suas fibras, mas não se compadece nem de si nem daqueles que reduz à congelada expectação.

Ai! de que serve a inteligência – lastimam-se as pedras. Nós éramos inteligentes; contudo, pensar a ameaça não é removê-la; é criá-la.

Ai! de que serve a sensibilidade – choram as pedras. Nós éramos sensíveis, e o dom de misericórdia se volta contra nós, quando contávamos aplicá-lo a espécies menos favorecidas.

Anoitece, e o luar, modulado de dolentes canções que preexistem aos instrumentos de música, espalha no côncavo, já pleno de serras abruptas e de ignoradas jazidas, melancólica moleza.

Mas a Coisa interceptante não se resolve. Barra o caminho e medita, obscura.

POSFÁCIO
E AGORA?
POR LAURA LIUZZI

Agora. O advérbio, indicativo do *tempo presente*, é uma chave para ler os dois conjuntos aqui reunidos. *José* foi publicado em 1942 dentro da primeira reunião da obra poética de Carlos Drummond de Andrade, intitulada *Poesias*. O livro, que saía pela prestigiada editora José Olympio, continha *Alguma poesia*, *Brejo das almas* e *Sentimento do mundo* – trio que consagra o poeta da pedra no panteão da poesia brasileira –, além do apêndice inédito: *José*.

Novos poemas vem a público em 1948, depois da publicação de *A rosa do povo* (1945). Tem com *José* duas semelhanças: ambos se constituem de um conjunto conciso, cada um composto de apenas doze poemas, e não foram publicados em volume autônomo, mas dentro de outra coletânea: no caso de *Novos poemas*, como parte integrante de *Poesia até agora*. Apenas em 1967 *José* e *Novos poemas* se encontram numa mesma publicação, sob o título *José & outros: poesia*, edição que reuniria ainda *Fazendeiro do ar* (1954), *A vida passada a limpo* (1959), além de quatro poemas de *Lição de coisas* (1962) e *Viola de bolso II*.

Agora, pouco mais de oitenta anos após a publicação de *José* e pouco menos de oitenta anos de distância de *Novos poemas*, revisitar esse momento da obra de Drummond provoca a experiência de um prolongamento daquele outro *agora* – exercício mais fácil, a meu ver, de realizar com o primeiro conjunto. Se, por um lado, o poeta da "lírica reflexiva"[1] ensaiava em *José* o que ele viria a fazer em *A rosa do povo*, as características apontadas pelas leituras críticas de seus primeiros livros não desapareceriam, como o humor, a temática familiar e o adensamento de uma subjetividade questionadora, em crise. Já em *Novos poemas*, a reunião se mostra mais heterogênea e resistente a uma leitura de conjunto. A energia criada no encontro destas forças move, ainda hoje, perguntas que nos perseguem – a despeito da mudança dos cenários – e nos põe cara a cara com alguns paradigmas que rondam a poesia.

Não é difícil notar algo na obra de Drummond que, apesar de se inscrever notavelmente em seu tempo, supera as marcas que a fariam envelhecer, como se o rio espesso dos anos levasse aquilo que perece e deixasse o que teima em não desaparecer: como as pedras, mas também as areias, que se rearranjam a todo momento.

O primeiro poema de *José*, "A bruxa", tem lugar no Rio de Janeiro, cidade que o poeta mineiro escolheu para passar a maior parte da sua vida, e de onde sairia raras vezes. Já na primeira estrofe, os versos causam vertigem. A sensação irá se prolongar por todo o livro, num movimento de distensão e contração das paisagens – externas, mentais ou as duas juntas.

Nesta cidade do Rio,
de dois milhões de habitantes,
estou sozinho no quarto
estou sozinho na América.

Drummond, vindo definitivamente de Minas Gerais para a então capital do país, a cidade do Rio de Janeiro, em 1934, parece sentir-se

---

1 ARRIGUCCI JR., Davi. *A poesia reflexiva de Drummond*: um estudo das mediações entre lírica e experiência histórica. In: CONGRESSO INTERNACIONAL DA ABRALIC, 6, Anais... Belo Horizonte: UFMG/Abralic, 2002.

frequentemente afetado pela experiência a um só tempo coletiva e solitária da cidade. Importa pouco se, de lá pra cá, a população triplicou. O que o poeta provoca com a informação demográfica seguida da situação particular do sujeito, e então deste sujeito sozinho diante de um contexto ainda maior ("sozinho na América"), é a intensificação de um sentimento que chamarei de *vertigem das escalas*. Dos milhões de habitantes da cidade para uma pessoa num quarto; do quarto para a América, de onde o Rio é apenas um pequeno pedaço. Os saltos executados a cada verso, aproximando e afastando a lente sobre esse sujeito, como quem manipula com dedo frouxo um mapa virtual, causam uma desorientação situada. O sujeito está num *agora* agônico, e a qualidade expressiva de seu desconforto faz com que a leitura evoque no leitor do futuro os mesmos incômodos, a mesma aflição, e suscite uma dúvida em relação ao que virá, mesmo tantos anos mais tarde.

"Estarei mesmo sozinho?", o poeta se pergunta na segunda estrofe. Ele sabe que não está. A vida na cidade é a experiência da vizinhança anônima, dos ruídos de origem incerta. A "bruxa / presa na zona de luz" simboliza uma ameaça que será sentida em diversos poemas. A inquietude que toma o sujeito encontra no poema uma saída. Não resolve, não aplaca a vertigem, mas expressa em alta potência o drama da condição humana no coração da sociedade moderna. O poema que abre o livro nos recoloca diante do *gauche*. Sem afeto e sem amigos: um entre dois milhões de habitantes; entre possibilidades infinitas. E, no entanto, só: sob a devoração da noite e do silêncio.

Em *José*, as pontadas da angústia deixam de ter origem unicamente individual para encontrar simetria e razão na sociedade. As deformações do sujeito são as deformações de um mundo que é, por sua vez, deformado pela ação humana. O segundo poema deste volume, "O boi", evidencia a tensão entre artificialidade e natureza, ampliando as vertigens da vida moderna. Os versos exploram o espectro que se abre entre campo e cidade, gritos e silêncio, tempestade e tempo firme, criando escalas pelas quais deslizamos, de um lado a outro, sem fixar-nos em ponto algum. Se, na primeira estrofe, boi e homem, ambos solitários, estão cada um em seu espaço – campo e rua –, o último verso constata a culminação da trágica imposição do mundo social sobre o mundo natural: "No campo imenso a torre de petróleo." E agora?, nos perguntamos. Drummond cria com o verso-súmula um retrato que revela a permanência de um cenário desolador: um país que ainda não se livrou da dominação e da ameaça impostas pela força antivida do capital. O navio-fantasma que, silenciosamente, atravessa a rua cheia, ainda não se retirou.

O último dístico do monumental "Edifício Esplendor" carrega a mesma munição, mas inverte o placar:

— Que século, meu Deus! diziam os ratos.
E começavam a roer o edifício.

A vida natural corrói furtivamente a estrutura civilizatória. Mas são ratos, animais que se adaptaram aos cantos mais insalubres do ambiente urbano. Estão, portanto, entre natureza e cidade, como se tivessem contraído da humanidade seus traços mais desprezíveis.

O poema dá mais uma volta na torção civilização/natureza. A angústia solitária agora é agravada por um individualismo gerado nas engrenagens capitalistas. No edifício, "As famílias se fecham / em células estanques". A "substância humana" se esvai pelos monótonos elevadores e transforma os homens em "apenas / tristes moradores". A vida torna-se mecânica, levada com previsibilidade entediante.

O abatimento que acomete o poeta parece reacender memórias familiares. A cidade da infância emerge no poema evocando o retrato na parede que conhecemos de "Confidência do itabirano", do livro *Sentimento do mundo*. A imagem é como "um espinho no coração" – como dói. Na estrofe seguinte, entre sentimentos simples e humanos – "Era bom amar, desamar, / morder, uivar, desesperar, / era bom mentir e sofrer" –, entre as ocorrências da vida ao rés do chão, o poeta se pergunta "Que importa a chuva no mar? / a chuva no mundo? o fogo?". No mar, no mundo, o fogo: as escalas se sobrepõem, consumindo os pensamentos do poeta. A experiência da vida ordinária, da cidade de interior e do sentimento particular exala do retrato na parede.

Os móveis riam, vinha a noite,
o mundo murchava e brotava
a cada espiral de abraço.

Se no registro do presente angustioso as coisas parecem guardar indiferença pela existência humana, nas lembranças do cotidiano interiorano elas ganham vida. O mundo, naquela ordem, ainda respondia à energia dos afetos. Até os móveis riam (as coisas respiram também em "Rua do olhar"). O poema recupera a vida deixada para trás, que "voltava pelas janelas". Vida, entretanto, simultânea: "O retrato cofiava o bigode". Deste modo, sobrepondo tempos e humores, modos de vida e cheiro de morte, solidão e presenças anônimas, Drummond nos atira novamente numa viagem vertiginosa.

No terceiro segmento do poema, produz-se uma nostalgia problemática: "Oh que saudades não tenho / de minha casa paterna". Os versos, ao mesmo tempo irônicos e tristes, parodiam "Meus oito anos", de Casimiro de Abreu ("Oh! Que saudades que tenho / Da aurora da minha vida"). Se, por um lado, Itabira, aurora da vida de Drummond, não provoca saudade, por outro não desapareceu do poema.

Lá ficaram os mortos, o passado escravista, os bodoques, mas também os doces e as cismas de amor. A barba cresce no retrato. O tempo age sobre o passado e o modifica. Não há desejo de retorno, pois retorno não há ("Minas não há mais", como se lê adiante em "José"). Não parece haver, portanto, uma linha definitiva que separe passado e presente, morte e vida, solidão e congregação. Há, sim, um deslizamento quase involuntário – não fosse o fino controle da linguagem – entre estados inquietantes. Todo *agora* vive sob contaminação. Os fantasmas não vêm do passado. Os fantasmas *são* o tempo presente.

Eles circulam nos poemas e surgem como motivo em "Os rostos imóveis". Os mortos não levam nomes nem carregam datas, mas todos têm relação de parentesco. São familiares. Estão em plena atividade, são parte inseparável da vida cotidiana. "[...] não há depois nem antes", declara no terço final. A última estrofe, um desfecho em paz, realiza a conciliação da vida com a morte, da cidade natal com o quarto alugado, da vida particular, enfim, com a vida geral.

É justamente a vida geral que parece se condensar no lirismo meditativo de *José*. O poema que inspira o título da pequena coletânea – e também deste livro – é largamente conhecido por ter se tornado expressão popular. Nele, se executa o magnífico salto pelo qual a partícula José excede o indivíduo para influir no corpo, na carne, no espírito, na consciência comum, compartilhada. O vocativo, nome pra lá de comum no Brasil (na época mais que agora, 2024), talvez designasse um dos irmãos mais velhos de Carlos,[2] ou um nome que pudesse representar o cidadão brasileiro comum; poderia ser tanto alguém que não conhecemos – um José – como ninguém. E, com isso, poderia ser todo mundo. Qualquer um. Não é possível responder pelo poeta, não há resposta certa. Mas convém ao leitor escolher a sua via. Que pode ser uma, pode ser outra, ou nenhuma. Ou todas elas. Irrefutável, porém: José é um *gauche* por excelência.

---

2 Ver "E agora, José – bastidores de um verso", de Elizama Almeida. Disponível em: <https://ims.com.br/por-dentro-acervos/e-agora-jose-bastidores-de-um-verso/>.

Nada restou para ele. Nem o mar, nem Minas. O poema reflete um momento de profundo desamparo, em que não é difícil para o leitor se reconhecer. Tudo recua diante de José, que parece imerso em uma onda de má sorte. A interrogação frequente, "e agora?", adere ao pensamento e o contamina com incerteza e apreensão sobre o futuro. Os versos, com ritmo preciso, são breves sentenças que se sobrepõem, e, quanto mais se avolumam, mais se aprofunda o fosso da falta. O escrutínio obstinado dos fracassos de José, na mesma medida em que o particulariza, deslinda também o sentimento do mundo. Como escreveu Paulo Rónai no prefácio a *José & outros*, Drummond encontra a "fórmula lapidar em que a sensibilidade coletiva reconhece com espanto a expressão que lhe faltava para se definir". Com *José*, Drummond reafirma sua capacidade de inspeção e expressão da interioridade. A destreza notável para apurar os sentimentos e traduzi-los em versos parece afinar, no mesmo gesto, a percepção do mundo.

Em uma das primeiras leituras críticas ao poema, Afonso Arinos publica: "A posição de angustiosa expectativa diante de um mundo que se esboroa à nossa roda, sem que possamos intervir eficazmente em nada." O comentário a quente dá conta da sensação compartilhada por uma geração que testemunhava o desmanche de uma forma de viver sem que outra, mais aperfeiçoada, lhe tomasse o lugar. E, principalmente, sem que a ação individual tivesse qualquer efeito sobre a vida coletiva. Esta degeneração do mundo – e do sujeito, seu agente e vítima – se esgarça até aqui. Até agora. A utopia não veio. Lugar para onde fugir ainda não há. O esboroamento do mundo começou nos costumes e segue implacável, rasgando tudo que existe entre o céu e a terra.

Um vendaval de desencanto também perpassa "Noturno oprimido": "É o sentimento de uma coisa selvagem". A casa não dorme, os móveis são prisioneiros, a água protesta. As coisas parecem dotar-se de vida e sentimento, aumentando a opressão sobre o sujeito e a sensação de paranoia. A água, que incorpora a ameaça com sua força mítica, arrasta o poema para uma dimensão simbólica. Instala-se um clima de terror que irá se materializar no poema seguinte, os "A mão suja". A "mão-consciência"[3] é investida de caráter simbólico, em que se concentra toda a impureza do ser. Alguma coisa sombria e suja, vil e nojenta, aderiu quase irreversivelmente ao corpo, e por isso mesmo invade a consciência, o pensamento, o sentimento do poeta. Incurável, a única saída é mutilar o corpo, cortar a mão doente e esperar que outra, pura e transparente, remende o corpo, a vida.

Por tudo isso, os poemas de *José* sugerem que algo se perdeu, dando sinais de uma era de baixa esperança para o mundo e para o sujeito. Diante deste aprofundamento na condição humana, atordoada pela vida moderna, ao poeta resta encerrar o conjunto com lirismo irretocável. No poema "Viagem na família", Drummond abandona o recurso da alegoria para se deixar infiltrar pelas lembranças do passado em Itabira. Agora inteiramente dedicados à nostalgia problemática das memórias familiares, os versos refletem a inquietude de um filho que encontra no passado morte e enigma. O fantasma do pai, que o guia pela mão, motiva o verso que encerra boa parte das estrofes, "Porém nada dizia". "Fala fala fala fala", insiste o filho num verso de repetição tão exasperada que recusa a vírgula para dar mais velocidade e intensidade a sua súplica. A sombra, porém, ficava calada.

Itabira, entre memória e ruína, suscita a vertigem espectral de estar entre as coisas que "voltam a existir" e as que desaparecem – cuja evidência concreta é a referência à dilapidação de uma montanha –, numa referência ao Pico do Cauê, inteiramente arrasado pela sanha da mineração. As tentativas de acesso à família em meio às "lembranças violentas", com seus fantasmas e assombrações, lembram os sonhos

---

3 CANDIDO, Antonio. "Inquietudes na poesia de Drummond". In: *Vários escritos*. São Paulo: Duas Cidades, 1970. p. 102.

que, apesar de não serem de todo agradáveis, não queremos que acabem. Como se, dentro deles, pudéssemos reparar algo da vida presente. Ou, ao menos, acordar menos angustiados.

Entre o verso que arremata a décima estrofe – "na pequena área do quarto" – e o que abre a estrofe seguinte – "A pequena área da vida" –, as escalas se definem e se confundem. O filho abraça o vulto do pai, e é neste encontro imaginário que os dois finalmente se conhecem. Passado e presente, morte e vida, pai e filho "fluem no rio do sangue". O poema (e o conjunto) se encerra encharcado novamente pelas águas da memória e da linguagem, que cobrem e turvam a vida pregressa.

Fonte de perturbação e questionamento de Drummond também em alguns dos *Novos poemas*, a relação ora conflituosa, ora conciliada com a linguagem encontra uma de suas expressões mais brilhantes em "O lutador". Os versos "Lutar com palavras / é a luta mais vã" estão entre os mais lembrados do poeta. Se manejar as palavras é uma luta, Drummond certamente foi um nocauteador olímpico. Sua escolha rigorosa, seu estilo muitas vezes seco e preciso, aliado a associações inusitadas, fizeram dele quem é, para sempre. "São muitas [palavras], eu pouco": o poeta quase sempre se caracteriza como figura de parcos recursos, de escassez constitutiva. O trabalho, que lhe "dobra os músculos", depende de um jogo de sedução em que ele é sempre o lado mais apaixonado, o mais frágil. Por isso trava uma luta abstrata, incessante e sigilosa, sem os clamores de uma plateia, mas que nem por isso é menos vigorosa. A tortura garante o gozo, a impureza traduz sua forma enviesada de amor: mistério, desdém, ciúme. E, quando o enlace está a um triz de se consumar, "tudo se evapora", "e o inútil duelo / jamais se resolve". A luta amorosa "prossegue / nas ruas do sono". O poeta, lutador constante, não recolhe suas luvas nem enquanto dorme. O inconsciente também informa o poema.

"Palavras no mar", terceiro poema de *José*, lida com o mesmo motivo: o trabalho com as palavras. Nele aparece pela primeira vez no livro a manifestação das águas como manancial de linguagem. O mar, onde se depositam restos de naufrágio, algas e pedras, é como a linguagem: o grande armazém das palavras que, sob encanto – faladas ou lidas –, vêm à superfície. O oceano é comparado à boca, lugar de ativação de sentido. A segunda e última estrofe, única desatada do resto do poema, restitui a palavra "Encanto" ao livro. Nele, se irmana com tantas outras "inertes à espera" – em "estado de dicionário" (como se vê no poema "Procura da poesia", em *A rosa do povo*).

A segunda parte, *Novos poemas*, abre com "Canção amiga", que também coloca a linguagem como mediadora da experiência humana. Seis anos depois do combate exasperante de "O lutador" (*José*), o poeta parece reconciliado com seu ofício: "Aprendi novas palavras / e tornei outras mais belas". Publicado depois de *A rosa do povo*, livro mais engajado em questões sociais, o poema revela ainda aceso o desejo de comunhão entre as pessoas e de conduzi-las à lucidez que faz "acordar os homens". A relação indivíduo/coletivo se afirma no poema ao dar ênfase à dimensão compartilhada da vida: "uma rua / que passa em muitos países"; "Minha vida, nossas vidas / formam um só diamante". Um traço *gauche* se nota no verso "Se não me veem, eu vejo / e saúdo velhos amigos" – o poeta pode passar despercebido, mas não se furta a cumprimentar seus pares. A canção, sempre em preparo, se forja no comércio entre profunda interioridade e um desejo de comunicação: "Eu distribuo um segredo".

O conjunto revela preocupação formal aliada a um repertório menos tangível, formado predominantemente por abstrações e imagens simbólicas. Com espírito semelhante ao de "Canção amiga", mais aberto e permeável, "Canto esponjoso" se constrói. O poema, solar e encantado, repete o verso "Bela" em três de suas quatro estrofes. É bela a manhã, que prescinde de mito. Aquela manhã "ou outra possível, / esta vida ou outra invenção" produz no poeta uma experiência dionisíaca de "fusão / no corpo geral do mundo". A vertigem surge agora sob o signo do encanto e da dissolução do sujeito na carne do mundo: "Engulo o mar, que me engole". A experiência, de tão arrebatadora, faz calar o poeta diante do espetáculo da vida, que o absorve e o compreende. Aqui o canto não é trabalho da poesia, mas algo que se ergue sobre os abismos, a despeito do poeta.

"Composição", na sequência, evidencia a inquietação de Drummond com o problema da forma. O elemento água novamente irrompe nos versos. Não o rio do tempo ou da linguagem, mas a água em sua potência de dissolução, de desmanche. Com forte desesperança e melancolia – "e o pó das demolições de tudo / que atravanca o disforme país futuro" – o poema se encerra com o abafamento dos antigos prazeres e com a impossibilidade de se erguer (ou compor) qualquer coisa que seja: "O mais é barro, sem esperança de escultura."

A questão da composição continua a ser investigada em "Aliança". A luta com as palavras prossegue: o poeta compõe "o que já de si repele / arte de composição". Se vê diante de um corpo (o de um cão, que dorme e é comparado a uma estátua) ao mesmo tempo ausente e presente. Tece "fios de nada", molda "potes de pura / água" – murro em ponta de faca. Enfim, confessa: "Oh que duro, duro, duro / ofício de se exprimir!". Num mesmo poema, são friccionados imobilidade e movimento, sombra e luz, dia e noite, sonho e vigília, matéria e ideia, ilusão e realidade. O exercício de contração e distensão encontra em "Aliança" formas distintas de expressão, conciliadas no título. O poema não tem o lirismo das canções, embora dele ainda mantenha certo poder encantatório ("e de uma bolsa invisível / vou tirando uma cidade, / uma flor, uma experiência, / um colóquio de guerreiros, / uma relação humana, / uma negação da morte"), que aqui tem origem numa circunstância da sorte humana: o acaso ("um achado não-perdido"). O último verso, "Mas se...", induz a mais uma volta no pêndulo que se reveza entre estados, apontando a possibilidade de uma saída para o dilema da composição estética – que, no entanto, não se realiza. O poema acaba ali.

A dúzia que compõe *Novos poemas* parece menos afeita a uma leitura de espírito geral do conjunto. Há algo de desencanto, mas também peças mais luminosas, como são os dois cantos da primeira metade do livro. Embora dotados de peculiaridades e com dicções distintas, alguns poemas lidam com notícias ou acontecimentos, como "Desaparecimento de Luísa Porto", "A Federico García Lorca" e "Notícias de Espanha". A conversão dos fatos cotidianos e notícias em poemas é, sem dúvida, uma herança do modernismo. Manuel Bandeira já havia composto, mais de quinze anos antes, o seu "Poema tirado de uma notícia de jornal". Mas Drummond tem seus modos de sondar os fatos.

Em "Desaparecimento de Luísa Porto", diferentes vozes confluem na busca pela moça desaparecida e especulam sobre as razões de seu sumiço. Tomamos conhecimento das descrições físicas, de caráter, estado civil, da saúde da mãe e suas crenças, do nascimento de Luísa Porto, dos clamores do povo. As mudanças de registro, da secura da notícia ao melodrama da mãe entrevada, evidenciam a habilidade do poeta com a língua, razão de sua luta e sua paixão.

Um dilema sobre a eficácia da participação na vida política sinaliza uma possível mudança de postura, tão marcada em *A rosa do povo*: "Esqueçam a luta política, / ponham de lado as preocupações comerciais", clama a mãe da jovem, pedindo solidariedade com sua causa. Mais adiante, na estrofe que se abre concisa e precisamente com o verso "Mas", identifica-se uma virada irônica: "se acharem que a sorte dos povos é mais importante / e que não devemos atentar nas dores individuais, / [...] / não faz mal, insultem a mãe de Luísa". O poeta revê, portanto, o sentido da participação social frente ao drama pessoal: a escolha por uma inserção política na sociedade, com sua dimensão coletiva, parece atrapalhar a percepção e a sensibilidade para as dores individuais.

Assim como a mãe pede notícias de sua filha desaparecida, o poema seguinte, "Notícias de Espanha", não nos traz as novidades do hemisfério norte. Pelo contrário, denuncia uma ausência. O poeta clama por algum sinal, num gesto de preocupação e envolvimento com a situação política daquele país, sob a ditadura franquista. Pede informações aos homens que regressam machucados, às coisas que os navios carregam, à fauna marinha e aos "mil objetos do mar", que se interpõem entre o poeta e o país ameaçado. "peço notícias de Espanha", repete três vezes em versos destacados. Porém, nada diziam.

Na parte final do poema, a qualidade encantatória do canto, que surge em "Canção amiga" e em "Canto esponjoso", é solapada de uma vez: "Mas tenho apenas meu canto, / e que vale um canto? [...]". O poeta assume sua incapacidade de intervir no desenrolar da história, e, com argúcia, confessa o fracasso: "quisera fazer do poema / não uma flor: uma bomba / e com essa bomba romper // o muro que envolve Espanha."

Ainda nas frinchas da ausência, "A Federico García Lorca" é um lamento – vertendo lágrimas e vergonha – pelos dez anos de morte do poeta e dramaturgo espanhol, perseguido e assassinado pelo fascismo que isolava o país. Em comparação aos dois anteriormente mencionados, o poema tem desfecho otimista, com pulso heroico: "para sempre viverão / os poetas martirizados". A luz rompe a treva, e a vida do mártir sobrevive à sua morte no "canto multiplicado". A trinca noticiosa balança entre a esperança e o abatimento, entre a força da dimensão coletiva e o seu fracasso diante de um mundo em crise, entre o canto e o desencanto.

Subitamente tomado pelo tédio (sensação reforçada pelas rimas), "Pequeno mistério policial ou A morte pela gramática" exprime um sentimento de derrota. Em posse de uma "faca pernambucana", oscilando entre ser e não ser, surge enfim um impulso aniquilador. Talvez isto nos dê pistas sobre o duplo título: se o mistério policial não está aclarado – uma vez que nem o caso foi explicitado –, a morte parece se consumar apenas dentro do poema, já que o aço está "intato". "Que fazer?", se pergunta ao fim, enrodilhado em sua perturbação particular e dentro da vida em que seguirá, desesperançoso.

O conjunto apresenta ainda poemas com estruturas mais formais, como o soneto que está bem no centro dos doze. "Jardim", ao contrário do que se espera, convida a uma atmosfera obscura e já não parece se conectar ao tempo presente, à vida comezinha ou às crispações da consciência. O jardim não inspira vida, e o canto não lhe salva. Com dicções também mais distantes do chão e mais próximas do mito, dotados de refinamento verbal e conceitual, "Estâncias" e "O arco" revelam uma fuga do poeta às notícias, às memórias, à "vida besta". O tema do amor, no primeiro, surge como um sentimento negativo, nutrido de "desassossego". Drummond não o particulariza. Circula-o com tom filosófico, distanciando-se da experiência própria, que tanto o inspirou nos primeiros livros. O tema do canto, em "O arco", já explorado em outros poemas do conjunto, é talhado em quartetos iniciados com interrogações que se dividem entre duas instâncias: anjo e alma; voz e ouvido; nuvem e corpo; paixão e peito; canção e homem, jogando o leitor de uma dimensão etérea a um efeito corpóreo. O canto, na última estrofe, figura como a possibilidade de redenção de um corpo entre a perdição e a dissolução.

Enfim, o último dos *Novos poemas*, escrito em prosa, é tão instigante quanto sugere seu título: "O enigma". Em evidente referência ao célebre "No meio do caminho", aqui não são as pedras que interrompem o caminho, mas elas mesmas têm o caminho barrado. Algo inclassificável, denominado "coisa", provoca um efeito imobilizante nas pedras, que se esforçam para compreender e desvendar tal enigma. Quanto mais se debruçam sobre as razões da ameaça, maior ela se torna.

As pedras, símbolos de duração e intransponibilidade, no poema são dotadas de inteligência e sensibilidade. Drummond parece chegar às últimas consequências com a ameaça incapacitante que já sobrevoava os poemas anteriores – não sem, discretamente, destilar algum humor ao dobrar a aposta no absurdo.

Publicado em 1942 – seis anos antes de *Novos poemas* –, o último poema de "O partido das coisas", de Francis Ponge,[4] descreve um seixo sob a perspectiva de sua formação no planeta. As pedras seriam resultado da lenta desagregação de uma imensa massa rochosa. Seu relógio, infinitamente mais lento que o das outras formas de vida terrestres, não nos permitiria perceber seus ínfimos movimentos. A condição de imobilidade e silêncio absolutos é conjecturada por Ponge:

> Desde a explosão do enorme antepassado e de sua trajetória
> nos seus céus abatidos sem recurso, os rochedos se calaram.
> Invadidos e fraturados pela germinação, como um homem
> que já não faz a barba, escavados e preenchidos pela terra
> móvel, nenhum deles, incapazes de qualquer reação, agora
> canta qualquer palavra.

De modo parecido, Drummond se acerca do problema que faz paralisar suas pedras deambulantes:

> As pedras detêm-se. No esforço de compreender, chegam
> a imobilizar-se de todo. E na contenção desse instante,
> fixam-se as pedras – para sempre – no chão, compondo
> montanhas colossais, ou simples e estupefatos e pobres
> seixos desgarrados.

---

4 PONGE, Francis. *Alguns poemas*. Trad. Manuel Gusmão. Lisboa: Edições Cotovia, 1996.

Os dois poetas, na mesma década varrida por uma guerra mundial, criam narrativas com sotaque de mito de criação. As pedras estão no princípio da vida, portanto são parte fundamental do problema da existência. Se houve um momento em que foram condenadas à fixidez, deveríamos esperar, então, um momento em que a tal "coisa" deterá todas as outras formas de vida? Estaríamos, agora, sob os auspícios da "enorme coisa"? O poema (e o livro) termina sem uma resposta clara para o enigma:

Mas a Coisa interceptante não se resolve. Barra o caminho
e medita, obscura.

Fechamos o livro com uma ameaça em suspenso. Talvez fosse justamente essa coisa indizível, inominável, indescritível, que tanto inquietou Drummond, a mesma coisa que lhe daria a sensação de incomunicabilidade. Coisa que, também, o faria escrever. Eis a vertigem.

CRONOLOGIA
NA ÉPOCA DO LANÇAMENTO
(1939-1951)

1939

CDA:

– Em 1º de setembro, dia que marca o início da Segunda Guerra Mundial, Paulo Rónai publica, na Hungria, uma antologia intitulada *Mensagem do Brasil*, com versões traduzidas de vários poemas brasileiros, entre eles "No meio do caminho". Anos depois, em entrevista, Paulo Rónai conta que, informado do lançamento do livro pela embaixada brasileira em Budapeste, o jornal *Correio da Manhã* teria comentado em uma nota: "Enquanto a guerra toma quase todos os espaços na Hungria, um maluco de Budapeste está traduzindo poesia brasileira."

Literatura brasileira:

– Cecília Meireles publica o livro de poemas *Viagem*.
– José Lins do Rego publica o romance *Riacho Doce*.

Vida nacional:

– Primeira transmissão experimental de TV no Rio de Janeiro.
– Carmen Miranda interpreta a canção "O que é que a baiana tem?", de Dorival Caymmi, no filme *Banana da terra* e estreia na Broadway no espetáculo *Streets of Paris*.
– Brasil declara neutralidade na Segunda Guerra Mundial.

Mundo:

– Fim da Guerra Civil Espanhola, com a vitória do general Francisco Franco.

– Alemanha invade a Polônia e deflagra a Segunda Guerra Mundial. Inglaterra e França lideram a luta contra o regime nazista.

– Greta Garbo, uma das atrizes favoritas de Drummond, estrela o famoso filme *Ninotchka*, dirigido por Ernst Lubitsch. "Quando estiverem completamente sem assunto, escrevam sobre Greta Garbo" (da crônica "O fenômeno Greta Garbo", publicada no jornal *Minas Gerais*, em 18 de maio de 1930).

1940

CDA:

– Publica *Sentimento do mundo*, numa pequena edição de 150 exemplares, que circula fora das livrarias e a salvo dos órgãos de repressão do Estado Novo. O livro chega a São Paulo. Em seguida, sai a edição publicada pela Editora Pongetti.

Literatura brasileira:

– O poeta Mário Quintana publica seu primeiro livro, *A rua dos cataventos*.

– Manuel Bandeira publica o livro de poemas *Lira dos cinquent'anos*.

Vida nacional:

– Criação do salário mínimo e do imposto sindical pelo governo Vargas.

– Como parte de sua política externa pendular, Getúlio Vargas, em discurso proferido a bordo do encouraçado *Minas Gerais*, no dia 11 de junho, referindo-se ao fascismo, elogia "as nações fortes que se impõem pela organização baseada no sentimento da Pátria e sustentando-se na convicção da própria superioridade".

Mundo:

– A Segunda Guerra Mundial se alastra com a invasão da Holanda, Bélgica, França, Dinamarca e de Luxemburgo pelas tropas alemãs.
– Winston Churchill é nomeado primeiro-ministro da Inglaterra.
– Os Estados Unidos adotam o serviço militar obrigatório.
– Londres sofre com os bombardeios aéreos das forças nazistas.
– Organiza-se, em Paris, a Resistência Francesa, força paramilitar de combate aos nazistas.
– Charles Chaplin, outra referência para Drummond em matéria de cinema, lança a clássica sátira ao nazifascismo *O Grande Ditador*. "Agora é confidencial o teu ensino, / pessoa por pessoa, / ternura por ternura, / e desligado de ti e da rede internacional de cinemas, / o mito cresce." (do poema "A Carlito", em *Lição de coisas*).

1941

CDA:

– Mantém na revista *Euclides*, dirigida por Simões dos Reis, a seção "Conversa de Livraria", assinando-a como "O Observador Literário".
– A *Revista Acadêmica* percebe o alcance do livro *Sentimento do mundo* e consagra um número inteiro ao poeta. Forma-se uma frente literária antifascista, consagrando-o como o maior poeta nacional naquele momento.
– Colabora no suplemento literário do jornal *A Manhã*, dirigido por Múcio Leão, e, mais tarde, por Jorge Lacerda.

– Muda-se para a casa da rua Joaquim Nabuco, 81, em Copacabana, onde viverá até 1962.

Literatura brasileira:

– Murilo Mendes lança o livro de poemas *O visionário*.
– José Lins do Rego lança o romance *Água-mãe*.
– Jorge Amado lança a biografia *ABC de Castro Alves*.

Vida nacional:

– Lançamento da revista mensal *Clima*, fundada por alunos da Faculdade de Filosofia, Ciências e Letras da Universidade de São Paulo, entre eles Antonio Candido e Gilda de Melo e Souza, Paulo Emílio Sales Gomes, Décio de Almeida Prado, entre outros.
– Criação do Ministério da Aeronáutica.
– Construção da Companhia Siderúrgica Nacional (CSN), em Volta Redonda.
– Criação da Justiça do Trabalho, no governo Vargas.

Mundo:

– Alemanha nazista descumpre pacto de não agressão e invade a União Soviética.
– Roosevelt e Churchill assinam a Carta do Atlântico, antecipando uma visão pós-Guerra Mundial.
– Stálin assume o comando supremo do Exército Soviético.
– Ho Chi Minh cria a Liga pela Independência do Vietnã.
– Japão realiza ataque surpresa à base americana de Pearl Harbor, no Havaí, deixando 2.403 americanos mortos e ferindo 1.178.
– Proclamação da independência do Líbano.
– China declara guerra ao Japão, Itália e Alemanha.

1942

CDA:

– Lança a coletânea *Poesias*, pela Editora José Olympio. Pela primeira vez, o poema "José" é publicado em livro.

– Preside a conferência "O movimento modernista", organizada por Mário de Andrade e realizada na biblioteca do Ministério das Relações Exteriores, no Rio de Janeiro, em comemoração dos vinte anos da Semana de Arte Moderna.

– Recebe carta de João Cabral de Melo Neto, pedindo-lhe um emprego no Rio de Janeiro. Pouco depois, o poeta pernambucano vai trabalhar no Departamento de Administração do Serviço Público (DASP).

– Concede a Osório Nunes a entrevista "O modernismo morreu?", publicada no periódico *Dom Casmurro*, do Rio de Janeiro, em 14 de novembro.

Literatura brasileira:

– Cecília Meireles publica o livro de poemas *Vaga música*.

– Manoel de Barros publica o livro de poemas *Face imóvel*.

– João Cabral de Melo Neto estreia na poesia com o livro *A pedra do sono*.

– Jorge Amado publica a biografia romanceada de Luís Carlos Prestes, *O Cavaleiro da Esperança*.

– Graciliano Ramos, Jorge Amado, José Lins do Rego, Aníbal Machado e Rachel de Queiroz lançam o romance *Brandão entre o mar e o amor*.

– José Barbosa Mello cria a revista *Leitura*, no Rio de Janeiro.

– José Mauro de Vasconcelos publica seu primeiro livro, *Banana brava*.

– Caio Prado Júnior publica *Formação do Brasil contemporâneo*.

Vida nacional:

– Após afundamento de navios mercantes brasileiros por submarinos alemães, o Brasil declara guerra aos países do Eixo (Alemanha, Itália e Japão). Dois anos depois, enviará tropas ao teatro de operações na Itália.

– Suicídio do escritor austríaco Stefan Zweig e de sua esposa, em Petrópolis (RJ).

– Criação da nova moeda, o cruzeiro, em substituição ao mil-réis.

– Criação do Serviço Nacional de Aprendizagem Industrial (Senai) e do Instituto Brasileiro de Opinião Pública (Ibope).

– Criação do território federal de Fernando de Noronha.

– Alfredo Machado funda a Editora Record, no Rio de Janeiro.

– Criação da empresa estatal Vale do Rio Doce, em Itabira, que dá continuidade à extração do minério de ferro do Pico do Cauê. "Cada um de nós tem seu pedaço no pico do Cauê. / Na cidade toda de ferro / as ferraduras batem como sinos." (do poema "Itabira", em *Alguma poesia*).

– Criação da Legião Brasileira de Assistência (LBA).

– Manifestações políticas nas grandes cidades provocam a saída de Francisco Campos do Ministério da Justiça e de Filinto Müller, chefe da polícia do Estado Novo.

Mundo:

– Inauguram-se os murais de Candido Portinari na Fundação Hispânica da Biblioteca do Congresso, em Washington (EUA).

– Estados Unidos e Grã-Bretanha intensificam a ajuda à União Soviética na Segunda Guerra Mundial.

– O Projeto Manhattan, liderado pelo governo americano, com o apoio da Grã-Bretanha e do Canadá, inicia a fabricação da bomba atômica.

– Alemanha oficializa a "Solução Final", o extermínio de judeus em câmaras de gás, como política de Estado.

1943

CDA:

– Traduz o livro *Thérèse Desqueyroux*, de François Mauriac, com o título *Uma gota de veneno*, publicado na coleção "As 100 Obras-Primas da Literatura Universal", da Editora Pongetti.

– Em tom de brincadeira, numa reunião da diretoria da Associação Brasileira de Escritores (ABDE), propõe: "Vamos redigir uma declaração afirmando o nosso propósito de não entrar jamais na Academia?" Otávio Tarquínio de Souza redige o documento, assinado por Carlos Drummond de Andrade, José Lins do Rego, Astrojildo Pereira, Dinah Silveira de Queiroz, Álvaro Lins, Francisco de Assis Barbosa e Marques Rebelo.

– Publica na revista *Leitura* uma resenha sobre o livro *A montanha mágica*, de Thomas Mann, assinalando que o autor não é "materialista".

Literatura brasileira:

– Vinicius de Moraes publica o livro *Cinco elegias*.

– Jorge Amado lança o romance *Terras do sem fim*.

– José Lins do Rego publica o romance *Fogo morto*.

– Clarice Lispector estreia na literatura com o romance *Perto do coração selvagem*.

– Fernando de Azevedo lança o livro *A cultura brasileira*, síntese histórica do processo de formação da cultura e da educação brasileiras.

– Cassiano Ricardo publica *Marcha para o Oeste*, ensaio literário sobre os bandeirantes paulistas.

– Nelson Rodrigues estreia sua peça *Vestido de noiva*, no Rio de Janeiro, com direção de Zbigniew Ziembinski.

– Oswald de Andrade publica *Marco zero I: a revolução melancólica*. O segundo volume, *Chão*, sairá em 1945.

– Gastão Cruls lança *Hileia amazônica*, ensaio-painel sobre a Amazônia brasileira.

– Arthur Ramos publica o primeiro volume da *Introdução à antropologia brasileira*. O segundo sairá em 1947.

– Álvaro Lins inicia a publicação em livro da série *Jornal de Crítica*, que chegará a dez volumes.

– A Sociedade dos Cem Bibliófilos do Brasil publica *Memórias póstumas de Brás Cubas*, de Machado de Assis, com ilustrações de Candido Portinari.

Vida nacional:

– Getúlio Vargas e Franklin Roosevelt se reúnem na Base Aérea de Natal (RN) e discutem a participação brasileira na Segunda Guerra Mundial.

– Promulgação da Consolidação das Leis do Trabalho (CLT).

– Inauguração do edifício do Ministério da Educação, no Rio de Janeiro, projeto de Oscar Niemeyer e Lúcio Costa, marco da arquitetura modernista brasileira. Denomina-se, hoje, Palácio Gustavo Capanema.

– Criação da Companhia Nacional de Álcalis e da Fábrica Nacional de Motores, montadora do famoso caminhão "Fenemê".

– Oscar Niemeyer, contratado por Juscelino Kubitschek, prefeito de Belo Horizonte, projeta o conjunto arquitetônico da Pampulha.

– Criação dos territórios federais do Amapá e de Roraima, desmembrados dos estados do Pará e do Amazonas, respectivamente.

– O governo de Getúlio Vargas dá início ao desbravamento do Brasil Central com a "Marcha para o Oeste", comandada por João Alberto, revolucionário de 1930.

– O modernismo chega à Bahia pelo Movimento Vanguardista, liderado por Mário Cravo, Carybé, José Pancetti, Genaro de Carvalho, Jenner Augusto e José Rescala.

– Abrem-se, no Rio de Janeiro, vários cassinos, com jogos de azar e shows de vedetes.

– Irmãos Cláudio, Orlando e Leonardo Villas-Bôas comandam a Expedição Roncador-Xingu, para contatar grupos indígenas isolados.

Mundo:

– Golpe militar na Argentina. O então coronel Juan Domingo Perón cria e assume a Secretaria de Trabalho e Previsão. Durante a ditadura, ele também será nomeado ministro da Guerra e vice-presidente da República.

– Queda de Benito Mussolini, *Il Duce*, e rendição da Itália, ante às tropas aliadas na Segunda Guerra Mundial, comandadas pelo general americano Dwight Eisenhower.

1944

CDA:

– Publica *Confissões de Minas*, a pedido de Álvaro Lins, pela editora Americ.

– Concede longa entrevista a Homero Senna, publicada em *O Jornal*, do Rio de Janeiro, e incluída no livro *República das Letras*.

Literatura brasileira:

– Sérgio Milliet publica o primeiro volume de seu *Diário crítico*.

– Gustavo Corção lança *A descoberta do outro*.

– Edgard Cavalheiro publica *Testamento de uma geração*, coletânea de depoimentos de participantes do movimento modernista de 1922.

– Manuel Bandeira lança *Poesias completas*, pela editora Americ.

Vida nacional:

– Inauguração da avenida Presidente Vargas, no Rio de Janeiro.

– Criação da Fundação Getulio Vargas (FGV), no Rio de Janeiro.

– Brasil assina o acordo de Bretton Woods, que estabelece regras para o sistema monetário internacional.

– Criação do Instituto Técnico de Alimentação, por Josué de Castro, autor do livro *Geografia da fome*, a ser publicado em 1946.

– Leôncio Basbaum, do Partido Comunista Brasileiro (PCB), funda a editora Vitória, para publicar obras doutrinárias.

– Criação do Plano Rodoviário Nacional.

– Abdias do Nascimento cria o Teatro Experimental do Negro, para dar voz aos brasileiros afrodescendentes e combater o preconceito.

– Criação, em Fortaleza, da Sociedade Cearense de Artes Plásticas (SCAP), na qual despontam os pintores Antônio Bandeira e Aldemir Martins.

– Inaugurada uma grande exposição individual de Candido Portinari, no Museu Nacional de Belas Artes do Rio de Janeiro.

Mundo:

– Milhares de combatentes aliados desembarcam na Normandia, no dia 6 de junho, o histórico "Dia D", ação decisiva para o desfecho da Segunda Guerra Mundial.

– Paris é libertada da ocupação alemã. O general De Gaulle é nomeado chefe supremo da França livre.

– Criação do Banco Mundial (BIRD) e do Fundo Monetário Internacional (FMI).

– Japão adota a tática suicida camicase para atacar forças americanas na Segunda Guerra Mundial.

1945

CDA:

– Escreve o poema "Mário de Andrade desce aos infernos", em homenagem ao amigo falecido no dia 25 de fevereiro.

– Publica o livro *A rosa do povo*, pela Editora José Olympio.

– Lança, pela Editora Horizonte, a novela *O gerente*, depois incluída no livro *Contos de aprendiz*.

– Colabora no jornal *Folha Carioca* e no suplemento literário do *Correio da Manhã*.

– Falece sua irmã Rosa, em São João del Rey, no dia 5 de fevereiro.

– Deixa a chefia de gabinete do ministro da Educação e Saúde Pública, Gustavo Capanema.

– Visita Luís Carlos Prestes na prisão, quando é convidado a ser codiretor do diário comunista *Tribuna Popular*. Afasta-se do cargo meses depois, devido à censura imposta pela direção do jornal.

– Encontra-se com Pablo Neruda, que visita o Rio de Janeiro, ciceroneado por Vinicius de Moraes.

– A pedido de Prestes, é convidado por Arruda Câmara e Pedro Pomar a candidatar-se a deputado federal pelo PCB. Recusa a proposta de imediato.

– É nomeado para trabalhar com o amigo Rodrigo Melo Franco de Andrade na Diretoria do Patrimônio Histórico e Artístico Nacional (DPHAN). Pouco depois, será promovido a chefe da Seção de História, na Divisão de Estudos e Tombamento.

– A convite de Américo Facó, e em companhia de Gastão Cruls e Prudente de Morais Neto, trabalha na frustrada remodelação do Departamento Nacional de Informações, antigo Departamento de Imprensa e Propaganda (DIP).

Literatura brasileira:

– Mário de Andrade publica o poema "Meditação sobre o Tietê" e falece pouco depois.

– Mário Neme publica *Plataforma da nova geração*, coletânea de entrevistas com 29 escritores e intelectuais.

– Cassiano Ricardo relança o livro *Martim Cererê*, de 1928, em edição ilustrada por Oswaldo Goeldi.

Vida nacional:

– Realiza-se, em São Paulo, o I Congresso Brasileiro de Escritores, em defesa das liberdades democráticas.

– Getúlio Vargas concede *habeas corpus* a Armando de Sales Oliveira, Otávio Mangabeira e outros exilados, permitindo-lhes o retorno ao país. Armando de Sales Oliveira e Otávio Mangabeira articulam a criação de um partido de oposição ao governo Vargas.

– Decretada a anistia de Luís Carlos Prestes e de todos os presos políticos.

– Getúlio Vargas é deposto, e o general Eurico Gaspar Dutra é eleito presidente da República.

– Fim do Departamento de Imprensa e Propaganda (DIP) e, com ele, da censura aos meios de comunicação.

– Fundação do Partido Trabalhista Brasileiro (PTB), do Partido Social Democrático (PSD) e da União Democrática Nacional (UDN). Legalização do Partido Comunista Brasileiro (PCB).

– Inauguração da Ponte Internacional, em Uruguaiana, ligando Brasil e Argentina.

– Fundação da Confederação Geral dos Trabalhadores do Brasil (CGTB).

– Fundação do Instituto Rio Branco, pelo Ministério das Relações Exteriores, para a formação de diplomatas.

– Mário Pedrosa lança o semanário *Vanguarda Socialista*, para dar voz aos trotskistas e à ala dissidente do PCB.

Mundo:

– Alemanha reconhece oficialmente a derrota na Segunda Guerra Mundial, e assina o documento de rendição. Ocupada por tropas aliadas, é dividida em quatro regiões, sob a responsabilidade da França, dos Estados Unidos, da Inglaterra e da União Soviética.
– Abertura da Conferência de Yalta, com Roosevelt, Stalin e Churchill.
– Estados Unidos lançam bombas atômicas sobre as cidades japonesas de Hiroshima e Nagasaki, com mais de 200 mil vítimas fatais. Dias depois, o Japão se rende incondicionalmente. Chega ao fim a Segunda Guerra Mundial.
– Criação da Organização das Nações Unidas (ONU).
– O povo judeu reivindica a criação do Estado de Israel.
– Proclamada a independência do Vietnã, por Ho Chi Minh.
– Após a morte de Franklin Roosevelt, Harry Truman assume a presidência dos EUA.
– Criação da Liga dos Estados Árabes, com sede no Cairo.

1946

CDA:

– Recebe o prêmio da Sociedade Felipe d'Oliveira, pelo conjunto da obra.
– É convidado por João Cabral de Melo Neto para ser padrinho de seu casamento com Stella Maria.
– Concede, a José Condé, a entrevista "Vida literária: a forma na poesia moderna", publicada no *Correio da Manhã*, em 25 de agosto.

Literatura brasileira:

– Aos 17 anos de idade, Maria Julieta Drummond de Andrade, filha de CDA, publica pela Editora José Olympio a novela *A busca*, com prefácio de Aníbal Machado.
– Lançamento das *Obras completas de Monteiro Lobato*, pela Editora Brasiliense, de Caio Prado Júnior.
– Herbert Baldus publica a antologia *Lendas dos índios*, na linguagem em que foram colhidas.
– João Condé inicia a publicação de seus *Arquivos implacáveis*, no suplemento *Letras e Artes* do jornal *A Manhã*.
– João Guimarães Rosa publica a coletânea de contos *Sagarana*, pela Editora Universal.

Vida nacional:

– Entra em funcionamento a Companhia Siderúrgica Nacional, em Volta Redonda (RJ).
– Governo Dutra decreta fim dos cassinos e do jogo do bicho.
– Promulgada a nova Constituição Federal, que estabelece o retorno à democracia.
– Criação do Serviço Social da Indústria (Sesi).
– David Nasser publica o livro *Falta alguém em Nuremberg*, com acusações a Filinto Müller, chefe da polícia na ditadura do Estado Novo.
– O Serviço de Proteção aos Índios (SPI) estabelece pela primeira vez contato com os xavantes.
– Criação do Partido Socialista Brasileiro (PSB) por uma ala da esquerda da União Democrática Nacional (UDN).

Mundo:

– Realizada a primeira Assembleia Geral da ONU.
– Juan Domingo Perón é eleito presidente da Argentina.

– Cúpula do Terceiro Reich é condenada à morte pelo Tribunal de Nuremberg.

– Proclamação da República Popular da Albânia.

– Proclamação da República da Hungria.

– O escritor alemão Hermann Hesse recebe o Prêmio Nobel de Literatura.

– Apresentação do primeiro relógio atômico, desenvolvido pelo Instituto Nacional de Padrões e Tecnologia, nos Estados Unidos.

– Criação da Organização das Nações Unidas para a Educação, a Ciência e a Cultura (Unesco), em Paris.

– Lançado o biquíni, em Paris.

1947

CDA:

– Publicação de *As relações perigosas*, sua tradução de *Les liaisons dangereuses*, de Choderlos de Laclos, na coleção Biblioteca dos Séculos, da Editora Globo.

– Prepara a delegação carioca para o II Congresso de Escritores, em Belo Horizonte, e integra a comissão de política do evento.

Literatura brasileira:

– Joaquim Cardozo, poeta e calculista de estrutura dos prédios de Oscar Niemeyer, publica o livro *Poemas*.

– Oswald de Andrade lança os livros de poesia *O cavalo azul* e *Manhã*.

– Murilo Mendes publica o livro *Poesia liberdade*.

– João Cabral de Melo Neto lança o livro *Psicologia da composição*.

Vida nacional:

– Partido Comunista Brasileiro (PCB) é cassado pelo governo Dutra e volta à ilegalidade.

– Inauguração da Via Anchieta, ligando São Paulo a Santos.

– Fundação do Museu de Arte de São Paulo (MASP).

– Criada, no Itamaraty, a Comissão Nacional de Folclore.

– O Brasil rompe relações diplomáticas com a União Soviética.

Mundo:

– O embaixador brasileiro Oswaldo Aranha preside a sessão da Assembleia Geral da ONU que divide a Palestina e cria o Estado de Israel.

– Início da Guerra Fria entre Estados Unidos e URSS.

– Índia e Paquistão tornam-se nações independentes.

– Sanciona-se, na Argentina, a lei do voto feminino, cujo relator é o deputado Manuel Graña Etcheverry, futuro genro de Drummond.

– Cria-se, nos Estados Unidos, a Agência Central de Inteligência (CIA).

1948

CDA:

– Publica a antologia *Poesia até agora*, pela Editora José Olympio.

– Lança a coletânea *Novos poemas*, pela Editora José Olympio.

– Com o pseudônimo Policarpo Quaresma Neto, assina a seção "Através dos livros" no suplemento *Letras e Artes* do jornal *A Manhã*, do Rio de Janeiro.

– Colabora no semanário *Política e Letras*, sediado no Rio de Janeiro e dirigido por Odylo Costa Filho, jornalista que se destacara na oposição ao Estado Novo.

– Sua mãe deixa o hospital São Lucas, em março, e retorna a Itabira, onde falece em 29 de dezembro. Coincidentemente, por ocasião do

funeral, é executada, no Theatro Municipal do Rio de Janeiro, a peça "Poema de Itabira", de Villa-Lobos, composta a partir do poema de Drummond "Viagem na família". Sobre a mãe, o poeta escreveria: "A falta que me fazes não é tanto / à hora de dormir, quando dizias / 'Deus te abençoe', e a noite abria em sonho. / É quando, ao despertar revejo a um canto / a noite acumulada de meus dias, / e sinto que estou vivo, e que não sonho" (do poema "Carta", em *Lição de coisas*).
– Concede a entrevista "Confidências do itabirano" a José Condé, publicada no *Correio da Manhã*, do Rio de Janeiro, em 5 de setembro.

Literatura brasileira:

– Mário Quintana publica o livro de poemas *Sapato florido*.
– Manuel Bandeira lança os livros de poemas *Belo belo* e *Mafuá do malungo*.
– Guilherme Figueiredo publica a peça teatral *Lady Godiva*.

Vida nacional:

– Parlamentares eleitos pelo Partido Comunista Brasileiro (PCB), entre eles Jorge Amado, perdem seus mandatos, devido à cassação do partido.
– Fundação da Sociedade Brasileira para o Progresso da Ciência (SBPC).
– Campanha "O Petróleo é Nosso" estimula o sentimento nacionalista.
– Criação do Teatro Brasileiro de Comédia (TBC), em São Paulo.

Mundo:

– O líder pacifista Mahatma Gandhi é assassinado na Índia.
– Corte Suprema dos Estados Unidos proclama a igualdade entre brancos e negros.

– Divisão da Coreia em dois países: Coreia do Sul, apoiada pelos Estados Unidos, e Coreia do Norte, apoiada pela União Soviética.

– Cria-se a Organização Mundial da Saúde (OMS).

– Cria-se a Organização dos Estados Americanos (OEA).

– Início da guerra árabe-israelense.

– Mao Tsé-tung, líder do movimento revolucionário comunista, cruza a Muralha da China e avança em direção a Nanjing e Shanghai.

– Harry S. Truman é eleito presidente dos Estados Unidos.

– Promulgada pela ONU a Declaração Universal dos Direitos Humanos. Um dos signatários é o jornalista brasileiro Austregésilo de Athayde.

– O general Manuel Arturo Odría lidera golpe e instaura uma ditadura no Peru. Fica no poder até 1956.

– Guerra civil na Colômbia provoca centenas de mortes.

1949

CDA:

– Retoma a colaboração no jornal *Minas Gerais*.

– Luís Jardim ilustra e edita à mão um exemplar único do poema "A máquina do mundo".

– Casamento de sua filha Maria Julieta com o escritor e advogado argentino Manuel Graña Etcheverry. O casal fixa residência em Buenos Aires, onde ela, por 34 anos, desenvolveria um intenso trabalho de divulgação da cultura brasileira.

– Início da correspondência com sua única filha e grande amiga de toda a vida. A troca de cartas era semanal e se estenderia até 1983, quando Maria Julieta volta a morar no Brasil.

– Participa da eleição da nova diretoria da Associação Brasileira de Escritores (ABDE), no Rio de Janeiro, da qual sai vitorioso Afonso Arinos de Melo Franco. Em seguida, desliga-se da instituição, junto com outros amigos, devido a discordâncias políticas. A ABDE viria a ser sucedida pela atual União Brasileira de Escritores (UBE), com sede em São Paulo.

Literatura brasileira:

– Cecília Meireles publica o livro de poemas *Retrato natural*.
– Jorge de Lima lança *Livro de sonetos*.
– Clarice Lispector publica o romance *A cidade sitiada*.

Vida nacional:

– Criação da Escola Superior de Guerra (ESG), instituto de altos estudos subordinado ao Estado-Maior das Forças Armadas.
– Inauguração do Museu de Arte Moderna (MAM), em São Paulo.
– Criação da Companhia Cinematográfica Vera Cruz, em São Paulo.
– Getúlio Vargas se lança candidato a presidente da República pelo Partido Trabalhista Brasileiro (PTB).

Mundo:

– Criação da Organização do Tratado do Atlântico Norte (Otan).
– Proclamação da República da Irlanda.
– Papa Pio XII excomunga os comunistas.
– Divisão da Alemanha em dois países: República Federal Alemã (ocidental) e República Democrática Alemã (oriental).
– Proclamação da República Popular da China, com Mao Tsé-tung no poder.
– ONU aprova a internacionalização de Jerusalém.

1950

CDA:

– Viaja a Buenos Aires para acompanhar o nascimento de Carlos Manuel, seu primeiro neto. Sobre ele, Drummond escreveria: "Se tivesse mais de dois anos, chamá-lo-ia de mentiroso. No seu verdor, é apenas um ser a quem a imaginação comanda, e que, com isso, dispõe de todos os filtros da poesia" (da crônica "Netinho", em *Fala, amendoeira*).

Literatura brasileira:

– Mário Quintana publica o livro de poemas *O aprendiz de feiticeiro*.
– Jorge de Lima lança sua obra-prima, o poema dividido em dez cantos *Invenção de Orfeu*.
– João Cabral de Melo Neto publica *O cão sem plumas*.

Vida nacional:

– Brasil perde a final da Copa do Mundo para o Uruguai, em pleno Maracanã, diante de aproximadamente 200 mil torcedores. O episódio ficou conhecido como "Maracanaço".
– Brasil entra na era da televisão, com a inauguração da TV Tupi, em São Paulo, a primeira da América Latina.
– Getúlio Vargas volta ao poder, desta vez pelo voto popular.

Mundo:

– O governo comunista chinês confisca os grandes latifúndios e requisita as terras das ordens religiosas.
– Início da Guerra da Coreia, com a invasão da Coreia do Sul, capitalista, pelos norte-coreanos, que contavam com o apoio militar

das duas maiores forças comunistas do mundo, a China e a União Soviética.

– O ditador Anastasio Somoza García assume a presidência da Nicarágua.

1951

CDA:

– Publica *Claro enigma* e *Contos de aprendiz*, pela Editora José Olympio.

– Lançado na Espanha o livro *Poemas*, com seleção, tradução e introdução de Rafael Santos Torroella, pela Ediciones Rialp, de Madri.

– A Editora Hipocampo publica *A mesa*, com o poema homônimo ilustrado por Eduardo Sued.

Literatura brasileira:

– O poeta Ledo Ivo publica os livros *Linguagem* e *Ode equatorial*.

– Augusto de Campos lança o livro de poemas *O rei menos e o reino*.

– Mário Quintana publica o livro de poemas *Espelho mágico*.

Vida nacional:

– O jornal *Última Hora* é fundado por Samuel Wainer, no Rio de Janeiro.

– Sancionada a Lei Afonso Arinos, que estabelece o racismo como uma contravenção.

– Realização do Primeiro Congresso da Federação das Mulheres, em São Paulo.

– Inauguração da Via Dutra, entre Rio de Janeiro e São Paulo.

– Maria Clara Machado funda, no Rio de Janeiro, o teatro O Tablado.

Mundo:

– Estados Unidos e Irã rompem relações diplomáticas.

– Assinado Tratado de Paz com o Japão, por 49 nações, em São Francisco (EUA).

– O peronismo se consolida na Argentina, com a reeleição de Juan Domingo Perón. Pela primeira vez no país, as mulheres puderam exercer o direito ao voto, conquistado formalmente em 1947.

– A energia nuclear é usada pela primeira vez na geração de eletricidade para uso doméstico, em Idaho (EUA).

– Criação da Internacional Socialista, por 33 países, em Frankfurt (Alemanha).

– O piloto argentino de Fórmula 1 Juan Manuel Fangio ganha o primeiro de seus cinco títulos mundiais.

BIBLIOGRAFIA DE
CARLOS DRUMMOND DE ANDRADE

POESIA:

Alguma poesia. Belo Horizonte: Edições Pindorama, 1930.

Brejo das almas. Belo Horizonte: Os Amigos do Livro, 1934.

Sentimento do mundo. Rio de Janeiro: Pongetti, 1940.

Poesias. Rio de Janeiro: José Olympio, 1942. [*Alguma poesia, Brejo das almas, Sentimento do mundo, José.*]*

A rosa do povo. Rio de Janeiro: José Olympio, 1945.

Poesia até agora. Rio de Janeiro: José Olympio, 1948. [*Alguma poesia, Brejo das almas, Sentimento do mundo, José, A rosa do povo, Novos poemas.*]

Claro enigma. Rio de Janeiro: José Olympio, 1951.

Viola de bolso. Rio de Janeiro: Serviço de Documentação do MEC, 1952.

Fazendeiro do ar & Poesia até agora. Rio de Janeiro: José Olympio, 1954.

Viola de bolso novamente encordoada. Rio de Janeiro: José Olympio, 1955.

50 poemas escolhidos pelo autor. Rio de Janeiro: Serviço de Documentação do MEC, 1956.

Poemas. Rio de Janeiro: José Olympio, 1959. [*Alguma poesia, Brejo das almas, Sentimento do mundo, José, A rosa do povo, Novos poemas, Claro enigma, Fazendeiro do ar e A vida passada a limpo.*]

---

* A presente bibliografia de Carlos Drummond de Andrade restringe-se às primeiras edições de seus livros, excetuando obras renomeadas. Nos casos em que os livros não tiveram primeira edição independente, os respectivos títulos aparecem entre colchetes, juntamente com os demais a compor a coletânea na qual vieram a público pela primeira vez. [*N. do E.*]

Antologia poética. Rio de Janeiro: Editora do Autor, 1962.

Lição de coisas. Rio de Janeiro: José Olympio, 1962.

José & outros. Rio de Janeiro: José Olympio, 1967. [*José, Novos poemas, Fazendeiro do ar, A vida passada a limpo, 4 poemas, Viola de bolso II.*]

Versiprosa. Rio de Janeiro: José Olympio, 1967.

Boitempo & A falta que ama. [*(In) Memória – Boitempo I.*] Rio de Janeiro: Sabiá, 1968.

Reunião: 10 livros de poesia. Introdução de Antonio Houaiss. Rio de Janeiro: José Olympio, 1969. [*Alguma poesia, Brejo das almas, Sentimento do mundo, José, A rosa do povo, Novos poemas, Claro enigma, Fazendeiro do ar, A vida passada a limpo, Lição de coisas* e *4 poemas.*]

As impurezas do branco. Rio de Janeiro: José Olympio, 1973.

Menino antigo (*Boitempo II*). Rio de Janeiro: José Olympio; Brasília: Instituto Nacional do Livro, 1973.

Esquecer para lembrar (*Boitempo III*). Rio de Janeiro: José Olympio, 1979.

A paixão medida. Ilustrações de Emeric Marcier. Rio de Janeiro: Alumbramento, 1980.

Nova reunião: 19 livros de poesia. 2 vols. Rio de Janeiro: José Olympio; Brasília: Instituto Nacional do Livro, 1983.

O elefante. Ilustrações de Regina Vater. Rio de Janeiro: Record, 1983.

Corpo. Ilustrações de Carlos Leão. Rio de Janeiro: Record, 1984.

Amar se aprende amando. Capa de Anna Leticya. Rio de Janeiro: Record, 1985.

Boitempo I e II. Rio de Janeiro: Record, 1987.

Poesia errante: derrames líricos (e outros nem tanto, ou nada). Rio de Janeiro: Record, 1988.

O amor natural. Ilustrações de Milton Dacosta. Rio de Janeiro: Record, 1992.

Farewell. Vinhetas de Pedro Augusto Graña Drummond. Rio de Janeiro: Record, 1996.

Poesia completa: volume único. Fixação de texto e notas de Gilberto Mendonça Teles. Introdução de Silviano Santiago. Rio de Janeiro: Nova Aguilar, 2002.

Declaração de amor, canção de namorados. Organização de Pedro Augusto Graña Drummond e Luis Mauricio Graña Drummond. Rio de Janeiro: Record, 2005.

Versos de circunstância. Organização de Eucanaã Ferraz. São Paulo: Instituto Moreira Salles, 2011.

Nova reunião: 23 livros de poesia. 3 vols. Rio de Janeiro: BestBolso, 2013.

Viola de bolso: mais uma vez encordoada. Rio de Janeiro: José Olympio, 2023.

CONTO:

O gerente. Rio de Janeiro: Horizonte, 1945.

Contos de aprendiz. Rio de Janeiro: José Olympio, 1951.

70 historinhas. Rio de Janeiro: José Olympio, 1978.

Contos plausíveis. Ilustrações de Irene Peixoto e Márcia Cabral. Rio de Janeiro: José Olympio; Editora JB, 1981.

Histórias para o rei. Rio de Janeiro: Record, 1997.

CRÔNICA:

Fala, amendoeira. Rio de Janeiro: José Olympio, 1957.

A bolsa & a vida. Rio de Janeiro: Editora do Autor, 1962.

Para gostar de ler. Com Fernando Sabino, Paulo Mendes Campos e Rubem Braga. Rio de Janeiro: Editora do Autor, 1962.

Quadrante. Com Cecília Meireles, Dinah Silveira de Queiroz, Fernando Sabino, Manuel Bandeira, Paulo Mendes Campos e Rubem Braga. Rio de Janeiro: Editora do Autor, 1962.

Quadrante II. Com Cecília Meireles, Dinah Silveira de Queiroz, Fernando Sabino, Manuel Bandeira, Paulo Mendes Campos e Rubem Braga. Rio de Janeiro: Editora do Autor, 1962.

Cadeira de balanço. Rio de Janeiro: José Olympio, 1966.

Caminhos de João Brandão. Rio de Janeiro: José Olympio, 1970.

O poder ultrajovem. Rio de Janeiro: José Olympio, 1972.

De notícias & não notícias faz-se a crônica: histórias, diálogos, divagações. Rio de Janeiro: José Olympio, 1974.

Os dias lindos. Rio de Janeiro: José Olympio, 1977.

Crônica das favelas cariocas. Rio de Janeiro: [edição particular], 1981.

Boca de luar. Rio de Janeiro: Record, 1984.

Crônicas 1930-1934. Crônicas de Drummond assinadas com os pseudônimos Antônio Crispim e Barba Azul. *Revista do Arquivo Público Mineiro*, Belo Horizonte, ano XXXV, 1984.

Moça deitada na grama. Rio de Janeiro: Record, 1987.

Autorretrato e outras crônicas. Seleção de Fernando Py. Rio de Janeiro: Record, 1989.

Quando é dia de futebol. Organização de Pedro Augusto Graña Drummond e Luis Mauricio Graña Drummond. Rio de Janeiro: Record, 2002.

Receita de Ano Novo. Organização de Pedro Augusto Graña Drummond e Luis Mauricio Graña Drummond. Ilustrações de Mariana Massarani. Rio de Janeiro: Record, 2008.

OBRA REUNIDA:

Obra completa. Estudo crítico de Emanuel de Moraes, fortuna crítica, cronologia e bibliografia. Rio de Janeiro: Nova Aguilar, 1964.

Poesia completa e prosa. Estudo crítico de Emanuel de Moraes, fortuna crítica, cronologia e bibliografia. Rio de Janeiro: Nova Aguilar, 1973.

Poesia e prosa. Estudo crítico de Emanuel de Moraes, fortuna crítica, cronologia e bibliografia. Rio de Janeiro: Nova Aguilar, 1979.

ENSAIO E CRÍTICA:

Confissões de Minas. Rio de Janeiro: Americ-Edit, 1944.

García Lorca e a cultura espanhola. Rio de Janeiro: Ateneu Garcia Lorca, 1946.

Passeios na ilha: divagações sobre a vida literária e outras matérias. Rio de Janeiro: Simões, 1952.

O observador no escritório. Rio de Janeiro: Record, 1985.

O avesso das coisas: aforismos. Ilustrações de Jimmy Scott. Rio de Janeiro: Record, 1987.

Conversa de livraria 1941 e 1948. Reunião de textos assinados sob os pseudônimos de O Observador Literário e Policarpo Quaresma, Neto. Porto Alegre: AGE; São Paulo: Giordano, 2000.

Amor nenhum dispensa uma gota de ácido: escritos de Carlos Drummond de Andrade sobre Machado de Assis. Organização de Hélio de Seixas Guimarães. São Paulo: Três Estrelas, 2019.

INFANTIL:

O pipoqueiro da esquina. Ilustrações de Ziraldo. Rio de Janeiro: Codecri, 1981.

História de dois amores. Ilustrações de Ziraldo. Rio de Janeiro: Record, 1985.

O sorvete e outras histórias. São Paulo: Ática, 1993.

A cor de cada um. Rio de Janeiro: Record, 1996.

A senha do mundo. Rio de Janeiro: Record, 1996.

Criança dagora é fogo. Rio de Janeiro: Record, 1996.

Vó caiu na piscina. Rio de Janeiro: Record, 1996.

Rick e a girafa. Ilustrações de Maria Eugênia. São Paulo: Ática, 2001.

Menino Drummond. Ilustrações de Angela Lago. São Paulo: Companhia das Letrinhas, 2021.

O elefante. Ilustrações de Raquel Cané. São Paulo: Companhia das Letrinhas, 2021.

O gato solteiro e outros bichos. Organização de Pedro Augusto Graña Drummond. Rio de Janeiro: Record, 2022.

O mundo é grande. Ilustrações de Raquel Cané. Rio de Janeiro: Record, 2023.

BIBLIOGRAFIA SOBRE
CARLOS DRUMMOND DE ANDRADE
(SELETA)

ACHCAR, Francisco. *A rosa do povo & Claro enigma*: roteiro de leitura. São Paulo: Ática, 1993.

AGUILERA, Maria Veronica Silva Vilariño. *Carlos Drummond de Andrade*: a poética do cotidiano. Rio de Janeiro: Expressão e Cultura, 2002.

AMZALAK, José Luiz. *De Minas ao mundo vasto mundo*: do provinciano ao universal na poética de Carlos Drummond de Andrade. São Paulo: Navegar, 2003.

ANDRADE, Carlos Drummond; SARAIVA, Arnaldo (orgs.). *Uma pedra no meio do caminho*: biografia de um poema. Apresentação de Arnaldo Saraiva. Rio de Janeiro: Editora do Autor, 1967.

ARQUIVO-MUSEU DE LITERATURA BRASILEIRA. *Inventário do Arquivo Carlos Drummond de Andrade*. Apresentação de Eliane Vasconcelos. Rio de Janeiro: Fundação Casa de Rui Barbosa, 1998.

ARRIGUCCI JR., Davi. *Coração partido*: uma análise da poesia reflexiva de Drummond. São Paulo: Cosac Naify, 2002.

BARBOSA, Rita de Cássia. *Poemas eróticos de Carlos Drummond de Andrade*. São Paulo: Ática, 1987.

BISCHOF, Betina. *Razão da recusa*: um estudo da poesia de Carlos Drummond de Andrade. São Paulo: Nankin, 2005.

BOSI, Alfredo. *Três leituras*: Machado, Drummond, Carpeaux. São Paulo: 34, 2017.

BRASIL, Assis. *Carlos Drummond de Andrade*: ensaio. Rio de Janeiro: Livros do Mundo Inteiro, 1971.

BRAYNER, Sônia (org.). *Carlos Drummond de Andrade*. Coleção Fortuna Crítica 1. Rio de Janeiro: Civilização Brasileira, 1977.

CAMILO, Vagner. *Drummond*: da rosa do povo à rosa das trevas. São Paulo: Ateliê, 2001.

CAMINHA, Edmílson (org.). *Drummond*: a lição do poeta. Teresina: Corisco, 2002.

_____. *O poeta Carlos & outros Drummonds*. Brasília: Thesaurus, 2017.

CAMPOS, Haroldo de. *A máquina do mundo repensada*. São Paulo: Ateliê, 2000.

CAMPOS, Maria José. *Drummond e a memória do mundo*. Belo Horizonte: Anome Livros, 2010.

CANÇADO, José Maria. *Os sapatos de Orfeu*: biografia de Carlos Drummond de Andrade. São Paulo: Scritta, 1993.

CARVALHO, Leda Maria Lage. *O afeto em Drummond*: da família à humanidade. Itabira: Dom Bosco, 2007.

CHAVES, Rita. *Carlos Drummond de Andrade*. São Paulo: Scipione, 1993.

COÊLHO, Joaquim-Francisco. *Terra e família na poesia de Carlos Drummond de Andrade*. Belém: Universidade Federal do Pará, 1973.

CORREIA, Marlene de Castro. *Drummond*: a magia lúcida. Rio de Janeiro: Jorge Zahar, 2002.

COSTA, Francisca Alves Teles. *O constante diálogo na poesia de Carlos Drummond de Andrade*. Fortaleza: Secretaria de Cultura e Desporto, 1987.

COUTO, Ozório. *A mesa de Carlos Drummond de Andrade*. Ilustrações de Yara Tupynambá. Belo Horizonte: ADI Edições, 2011.

CRUZ, Domingos Gonzalez. *No meio do caminho tinha Itabira*: a presença de ltabira na obra de Carlos Drummond de Andrade. Rio de Janeiro: Achiamé; Calunga, 1980.

CUNHA, Maria Antonieta Antunes. *O discurso indireto livre em Carlos Drummond de Andrade*. Belo Horizonte: Imprensa Oficial, 1971.

_____. *Carlos Drummond de Andrade*. São Paulo: Moderna, 2006.

CURY, Maria Zilda Ferreira. *Horizontes modernistas*: o jovem Drummond e seu grupo em papel jornal. Belo Horizonte: Autêntica, 1998.

DALL'ALBA, Eduardo. *Drummond*: a construção do enigma. Caxias do Sul: EDUCS, 1998.

_____. *Noite e música na poesia de Carlos Drummond de Andrade*. Porto Alegre: AGE, 2003.

DIAS, Márcio Roberto Soares. *Da cidade ao mundo*: notas sobre o lirismo urbano de Carlos Drummond de Andrade. Vitória da Conquista: Edições UESB, 2006.

FERREIRA, Diva. *De Itabira... um poeta*. Itabira: Saitec Editoração, 2004.

GALDINO, Márcio da Rocha. *O cinéfilo anarquista*: Carlos Drummond de Andrade e o cinema. Belo Horizonte: BDMG, 1991.

GARCIA, Nice Seródio. *A criação lexical em Carlos Drummond de Andrade*. Rio de Janeiro: Rio, 1977.

GARCIA, Othon Moacyr. *Esfinge clara*: palavra-puxa-palavra em Carlos Drummond de Andrade. Rio de Janeiro: São José, 1955.

GLEDSON, John. *Poesia e poética de Carlos Drummond de Andrade*. Tradução do autor. São Paulo: Duas Cidades, 1982.

_____. *Influências e impasses:* Drummond e alguns contemporâneos. São Paulo: Companhia das Letras, 2003.

GUIMARÃES, Júlio Castañon. *Distribuição de papéis*: Murilo Mendes escreve a Carlos Drummond de Andrade e a Lúcio Cardoso. Rio de Janeiro: Fundação Casa de Rui Barbosa, 1996.

GUIMARÃES, Raquel Beatriz Junqueira. *Pedro Nava, leitor de Drummond*. Campinas: Pontes, 2002.

HOUAISS, Antonio. *Drummond mais seis poetas e um problema*. Rio de Janeiro: Imago, 1976.

INOJOSA, Joaquim. *Os Andrades e outros aspectos do Modernismo*. Rio de Janeiro: Civilização Brasileira, 1975.

KINSELLA, John. *Diálogo de conflito*: a poesia de Carlos Drummond de Andrade. Natal: Editora da UFRN, 1995.

LAUS, Lausimar. *O mistério do homem na obra de Drummond*. Rio de Janeiro: Tempo Brasileiro; Brasília: Instituto Nacional do Livro, 1978.

LIMA, Mirella Vieira. *Confidência mineira*: o amor na poesia de Carlos Drummond de Andrade. Campinas: Pontes; São Paulo: EDUSP, 1995.

LINHARES FILHO. *O amor e outros aspectos em Drummond*. Fortaleza: Editora UFC, 2002.

LOPES, Carlos Herculano. *O vestido*. São Paulo: Geração Editorial, 2004.

LUCAS, Fábio. *O poeta e a mídia*: Carlos Drummond de Andrade e João Cabral de Melo Neto. São Paulo: Senac, 2003.

MAIA, Maria Auxiliadora. *Viagem ao mundo* gauche *de Drummond*. Salvador: Edição da autora, 1984.

MALARD, Letícia. *No vasto mundo de Drummond*. Belo Horizonte: Editora UFMG, 2005.

MARIA, Luzia de. *Drummond*: um olhar amoroso. Rio de Janeiro: Léo Christiano Editorial, 1998.

MARQUES, Ivan. *Cenas de um modernismo de província*: Drummond e outros rapazes de Belo Horizonte. São Paulo: 34, 2011.

MARTINS, Hélcio. *A rima na poesia de Carlos Drummond de Andrade*. Introdução de Antonio Houaiss. Rio de Janeiro: José Olympio, 1968.

MARTINS, Maria Lúcia Milléo. *Duas artes*: Carlos Drummond de Andrade e Elizabeth Bishop. Belo Horizonte: Editora UFMG, 2006.

MELO, Tarso de; STERZI, Eduardo. *7 x 2 (Drummond em retrato)*. Santo André: Alpharrabio, 2002.

MERQUIOR, José Guilherme. *Verso universo em Drummond*. Tradução de Marly de Oliveira. Rio de Janeiro: José Olympio, 1975.

MICELI, Sergio. *Lira mensageira*: Drummond e o grupo modernista mineiro. São Paulo: Todavia, 2022.

MONTEIRO, Salvador; KAZ, Leonel (orgs.). *Drummond frente e verso*: fotobiografia de Carlos Drummond de Andrade. Rio de Janeiro: Alumbramento; Livroarte, 1989.

MORAES, Emanuel de. *Drummond rima Itabira mundo*. Rio de Janeiro: José Olympio, 1972.

MORAES, Lygia Marina. *Conheça o escritor brasileiro Carlos Drummond de Andrade*. Rio de Janeiro: Record, 1977.

MORAES NETO, Geneton. *O dossiê Drummond*. São Paulo: Globo, 1994.

MOTTA, Dilman Augusto. *A metalinguagem na poesia de Carlos Drummond de Andrade*. Rio de Janeiro: Presença, 1976.

NOGUEIRA, Lucila. *Ideologia e forma literária em Carlos Drummond de Andrade*. Recife: Fundarpe, 1990.

PY, Fernando. *Bibliografia comentada de Carlos Drummond de Andrade (1918-1930)*. Rio de Janeiro: José Olympio; Brasília: Instituto Nacional do Livro, 1980.

ROSA, Sérgio Ribeiro. *Pedra engastada no tempo*: ao cinquentenário do poema de Carlos Drummond de Andrade. Porto Alegre: Cultura Contemporânea, 1978.

SAID, Roberto. *A angústia da ação*: poesia e política em Drummond. Curitiba: Editora UFPR; Belo Horizonte: Editora UFMG, 2005.

SANT'ANNA, Affonso Romano de. *Drummond, o gauche no tempo*. Rio de Janeiro: Lia Editor; Instituto Nacional do Livro, 1972.

SANTIAGO, Silviano. *Carlos Drummond de Andrade*. Petrópolis: Vozes, 1976.

SANTOS, Vivaldo Andrade dos. *O trem do corpo*: estudo da poesia de Carlos Drummond de Andrade. São Paulo: Nankin, 2006.

SCHÜLER, Donaldo. *A dramaticidade na poesia de Drummond*. Porto Alegre: URGS, 1979.

SILVA, Sidimar. *A poeticidade na crônica de Drummond*. Goiânia: Kelps, 2007.

SIMON, Iumna Maria. *Drummond*: uma poética do risco. São Paulo: Ática, 1978.

SÜSSEKIND, Flora. *Cabral – Bandeira – Drummond*: alguma correspondência. Rio de Janeiro: Fundação Casa de Rui Barbosa, 1996.

SZKLO, Gilda Salem. *As flores do mal nos jardins de Itabira*: Baudelaire e Drummond. Rio de Janeiro: Agir, 1995.

TALARICO, Fernando Braga Franco. *História e poesia em Drummond*: A rosa do povo. Bauru: EDUSC, 2011.

TEIXEIRA, Jerônimo. *Drummond*. São Paulo: Abril, 2003.

_____. *Drummond cordial*. São Paulo: Nankin, 2005.

TELES, Gilberto Mendonça. *Drummond*: a estilística da repetição. Prefácio de Othon Moacyr Garcia. Rio de Janeiro: José Olympio, 1970.

VASCONCELLOS, Eliane. *O Arquivo-Museu de Literatura Brasileira*: um sonho drummondiano. Rio de Janeiro: Fundação Casa de Rui Barbosa, 2002.

VIANA, Carlos Augusto. *Drummond*: a insone arquitetura. Fortaleza: Editora UFC, 2003.

VIEIRA, Regina Souza. *Boitempo*: autobiografia e memória em Carlos Drummond de Andrade. Rio de Janeiro: Presença, 1992.

VILLAÇA, Alcides. *Passos de Drummond*. São Paulo: Cosac Naify, 2006.

WALTY, Ivete Lara Camargos; CURY, Maria Zilda Ferreira (orgs.). *Drummond*: poesia e experiência. Belo Horizonte: Autêntica, 2002.

WISNIK, José Miguel. *Maquinação do mundo*: Drummond e a mineração. São Paulo: Companhia das Letras, 2018.

YUNES, Eliana; BINGEMER, Maria Clara L. (orgs.). *Murilo, Cecília e Drummond*: 100 anos com Deus na poesia brasileira. São Paulo: Loyola, 2004.

ÍNDICE DE PRIMEIROS VERSOS

A água cai na caixa com uma força, 33

Amor? Amar? Vozes que ouvi, já não me lembra, 60

Aos navios que regressam, 50

As pedras caminhavam pela estrada, 62

Bela, 55

Deitado no chão. Estátua, 57

E agora, José?, 30

E é sempre a chuva, 56

Entre tantas ruas, 24

Escrita nas ondas, 12

Eu preparo uma canção, 43

Lutar com palavras, 19

Minha mão está suja, 34

Na areia da praia, 14

Não amando mais escolher, 53

Negro jardim onde violas soam, 54

Nesta cidade do Rio, 9

No céu também há uma hora melancólica, 23

No deserto de Itabira, 37

Ó solidão do boi no campo, 11

Pai morto, namorada morta, 27

Pede-se a quem souber, 44
Que quer o anjo? chamá-la, 61
Sobre teu corpo, que há dez anos, 52

Carlos Drummond de Andrade

Este livro foi composto na tipografia
Arno Pro, em corpo 11/14, e impresso em
papel off-white no Sistema Digital Instant Duplex
da Divisão Gráfica da Distribuidora Record.